DIETMAR KRÖNERT

ZEITSPRÜNGE 2

DIE ALIENFRESSER

Bibliografische Information der Deutschen Bibliothek:
Die Deutsche Bibliothek verzeichnet diese Publikation in der
Deutschen Nationalbibliografie; detaillierte bibliografische
Daten sind im Internet unter *http://dnb.ddb.de* abrufbar.

Impressum
© 2019 Dietmar Krönert
Umschlagabbildungen:
shutterstock.com
Herstellung und Verlag:
BoD - Books on Demand, Norderstedt
ISBN: 978-3-7494-4120-4

DIETMAR KRÖNERT

ZEIT SPRÜNGE 2

DIE ALIENFRESSER

HISTORY+FICTION-ROMAN

1

Vorgeschichte

Wie die Menschen der Erde, so rätseln auch die Kono über die Ursprünge ihrer Existenz. Für Wissenschaft und Forschung liegt so ziemlich alles im Dunkel der Geschichte. Da wird seit jeher eher spekuliert und gedeutet; Vermutungen zu Wissen erhoben.

Und nun wirft auch noch die Existenz zweier völlig fremder Zivilisationen, die mit den Menschen der Erde genetisch identisch sind, neue Fragen auf?

Die Kono. Eine fremde Rasse? Beheimatet in zwei Sonnensystemen. Im eigentlichen Sinn kann man aber wegen der Duplizität der genetischen Eigenschaften nicht von einer fremden Rasse sprechen. Die Verwirrungen sind daher auf beiden Seiten groß.[1]

417 Lichtjahre von der Erde entfernt existieren Menschen, die sich selbst Kono nennen. Die Kono bewohnen die Planeten und Monde zweier Sonnensysteme, die gerade mal 18 Lichtjahre voneinander entfernt waren. Das ist zwar eine beachtliche Entfernung, aber auf die interstellare Ausdehnung der gemeinsamen, heimatlichen Galaxis übertragen eben kaum mehr als ein Katzensprung. Andererseits aber doch so weit voneinander entfernt, dass sich innerhalb dieser Sternenregion zwei unabhängige Imperien entwickelt hatten. Zwei Imperien, die seit Konogedenken in Konkurrenz zueinander stehen, um es einmal so lapidar auf den Punkt zu bringen.

Die jeweiligen Herrscher waren immer mal wieder versucht gewesen, die jeweilige, andere Kono-Zivilisation zu unterwandern oder zu unterwerfen. In der langen Geschichte der Kono-Völker kam es mehrfach zu Kriegszügen gegen das jeweilige andere Imperium. Was aber in keinem einzigen Fall zum Erfolg geführt hatte. Was ganz einfach mit der räumlichen Entfernung zu erklären ist. Es dürfte auch generell nicht einfach sein, die Bevölkerung des anderen Sonnensystems dauerhaft unter Kontrolle zu halten. Aber uns allen ist ja bewusst, wie absolute Herrscher seit jeher ticken. Solche Feinheiten interessieren weder einen XENNON noch einen PHARA.

Die Kono waren also Jahrtausende lang ausreichend mit sich selber beschäftigt. So lange, bis plötzlich ein ganz neues Feindbild auf der Bildfläche erschien, in Form einer emotionslosen, kriegerischen Echsenrasse. Der Xennon sah sich plötzlich einer vollkommen ungewohnten Situation gegenüber. Fremde Feinde, die dazu noch die Frechheit besaßen, mit Impulsstrahlkanonen auf sein Volk zu schießen und seinen Palast teilweise in Trümmer gelegt hatten. Der Xennon schäumte vor Wut und blühte zugleich förmlich auf. Er war von einer Sekunde auf die andere auf Krach eingestellt.

Der Xennon schickte den Adeligen einer unbedeutenden Nebenlinie der Ros, Admiral Aran Ros, den Feinden entgegen. Der schlug sich wacker und erhielt zwei Jahre später den Befehl, mit drei Dutzend für diesen Zweck gebauten neuen Kriegsschiffen den Heimatplaneten dieser hässlichen Schuppentypen anzugreifen oder besser gleich ganz zu vernichten.

Hinfliegen, zuschlagen und dann wieder den ganzen langen Flug zurück, heim ins Reich nach Perias. Das bedeutete, Admiral Ros würde die nächsten 400 oder 500 Jahre lang dienstlich unterwegs sein. Ein genialer Schachzug des Xennon, dem die aufrichtige Beliebtheit des erfolgreichen Admirals unter der Bevölkerung ein Dorn im Auge war.

Ros wurde bejubelt und dann verabschiedet. Einen Befehl auszuschlagen oder gar abzulehnen war im Reich des Xennon nicht vorgesehen. Abmarsch!

Was danach geschah, ist bekannt.

2

Historisches aus der Welt der Kono

Die Kono haben sich in den vergangenen Jahrtausenden mehrheitlich mit sich selber beschäftigt. Die Frage, ob es noch anderes intelligentes Leben im Universum gibt, stellten sich, wenn überhaupt, nur eine Anzahl von Wissenschaftlern oder höchstens noch eine überschaubare Anzahl interessierte Bürger. Die Frage wurde dann aber mit dem überraschenden Einfall der Blauen in das isolierte Leben der Kono ausreichend beantwortet. Es gibt noch weiteres intelligentes Leben da draußen! Was somit geklärt wäre.

Die Entdeckung, dass es irgendwo in den Weiten der Galaxis noch andere, fremde Kono-Menschen ihrer Art geben soll, war zu dem Zeitpunkt der Angriffe der Blauen noch nicht bis in die Machtzentren der beiden Kono-Völker vorgedrungen. Das ist bis zum heutigen Tag Aran Ros' Geheimnis, das er auch mit niemanden zu teilen gedachte. Für Aran Ros ist das Wissen um die Menschen und der Erde ein Faustpfand, das er für seine eigenen politischen Zwecke zu nutzen gedachte. Was ja auch durchaus ein unter Menschen bekannter Wesenszug sein kann. Damit werden sich in Zukunft einmal Menschen und Kono gegenseitig ziemlich gut einschätzen können. Was zum Beispiel mit den blauen Angreifern deutlich schwieriger war. Wie soll man auch mit aggressiven, insektenartigen Reptilien ins Gespräch kommen, die mit dem Ziel, jeden erreichbaren fremden Planeten zu entvölkern und mit der eigenen Art zu besiedeln, unterwegs waren?

3

Im Rückblick: Aran Ros' Desaster und Niederlage des Kampfes um die Herrschaft über die Erde

Aran Ros konnte der heillosen Flucht seiner bis vor Kurzem noch als unschlagbar geltenden Kriegsflotte nur ungläubig zusehen. Seine Kapitäne und Offiziere verweigerten fast wie auf ein geheimes Zeichen hin dem Kriegsflottenadmiral die Gefolgschaft. Als die ersten Schiffe aus dem Verband ausscherten, gab es nur wenig später kein Halten mehr. Die Reste seiner Flotte zerstreuten sich in alle Sternenrichtungen. Das war offene Meuterei und hätte unter normalen Kriegsbedingungen zu sofortigen standrechtlichen Hinrichtungen geführt. Aber dies waren eben keine normalen Bedingungen.

Unter dem Eindruck, wie sich seine Flotte auflöste, zog Ros seine Handfeuerwaffe. Er blickte sich auf der Brücke hasserfüllt zwischen seinen Offizieren um. In den Augen seiner Crew stand die pure, unverhohlene Panik. Jeder Mann unter ihnen stellte sich offenbar nur die eine Frage, ob sie nun allein, mit diesem letzten verbliebenen Schachtkreuzer, gezwungen sein werden, den Kampf fortzusetzen? Das wäre reiner Selbstmord!

Aran Ros kam aber so schnell wieder runter, wie der Hass auf die Deserteure in ihm aufgestiegen war. Er war klug genug, vorerst einmal auf disziplinarische Maßnahmen zu verzichten oder Befehle zu erteilen, die unter diesen Umständen sowieso keiner der Kapitäne und Offiziere befolgen würde.

In den tagelangen Kämpfen um den Ursprungsplaneten der Blauen hatten seine Leute alles gegeben. Jeder Soldat bekam damals die Kriegsverdienstspange an die Brust geheftet: eine billige Anerkennung für die ausgestandenen Strapazen. Aber da hatten sie es ja auch mit normalen Gegnern zu tun und nicht mit einem unscheinbaren Raumschiff ohne militärische Kennzeichnung. Überall da, wo die kleine, private Jacht auftauchte, zerplatzten die Schiffe der Kono reihenweise.

Auf seinem Flaggschiff herrschte blankes Entsetzen. Jedenfalls unter den Leuten, die auf der Brücke ihren Dienst taten, oder besser gesagt ihren Dienst tun sollten. Bis in die Maschinenräume in den unteren Decks hatte sich die desaströse Situation noch nicht herumgesprochen. Die Zeit schien einige Augenblicke lang still zu stehen, als eine verhohlene, aggressive Anspannung von den Leuten auf der Brücke Besitz ergriff. Hände näherten sich unmerklich den Handstrahlern. Für einen Moment hing alles in der Schwebe. Doch Aran Ros hatte sich da bereits schon wieder gefangen. Er schob seine unbewusst gezogene Impulsstrahlwaffe ins Halfter zurück.

»Rückzug!«, bellte er seine Leute an. »Tempo!«

Mit dem Befehl Rückzug schönte er ein Geschehen, was im Grunde Absatz und Flucht vor dem Gegner bedeutete. Nicht einmal unter den aussichtslosesten Umständen duldet das konoische Kriegsrecht eine Flucht vor dem Feind oder gar sich zu ergeben. Nachdem man anfänglich Sieg über Sieg feierte, traf die katastrophale Niederlage und Zerstreuung seiner Flotte den Admiral bis ins Mark. Ros würde versuchen müssen, die Reste seiner Flotte wieder zu vereinen und die Mannschaften erneut auf seine Linie einzuschwören.

Das wird nicht einfach werden, das wusste er. Die Offiziere fürchten nicht ganz zu Unrecht drakonische Bestrafungen. Das konoische Militär ist kein Kinderhort, das ist jedem nur zu gut bekannt. Aber so, wie die Dinge nun mal liegen, wird er sich etwas einfallen lassen müssen. Auf Perias, da können er und seine Mannschaften sich so oder so nicht mehr blicken lassen. Niederlage und Flucht vom Kampfgeschehen, einhergehend mit dem Verlust des größten Teiles der Flotte, wird vom Xennon keinesfalls toleriert werden. Gleichgültig wer bei ihrer Rückkehr in Perias Zukunft das kaiserliche Zepter innehaben wird. Da droht ihnen allen im besten Fall nur die Inhaftierung. Doch daran will niemand glauben, dass wäre ja zu schön.

Aran Ros wird es mit der unverblümten Wahrheit versuchen müssen, um wenigstens einen Teil seines Kriegsapparats und die Männer wieder unter seinem Befehl zu vereinen. Falls es ihm überhaupt gelingen sollte, wenigsten eines oder mehrere Schiffe der Flotte wieder aufzuspüren. Ein fast aussichtsloses Unterfangen. Vergrößert sich doch von Sekunde zu Sekunde der kugelförmige Raumsektor der in allen Richtungen fliehenden Raumschiffe.

Abbildung einer humanoiden Tonskulptur mit
Insektenkopf aus dem Irakischen Museum in Bagdad.
Das Exponat stammt aus dem 4. Jahrtausend vor
unserer Zeitrechnung, ist also ca. 6000 Jahre alt.

4

Zeitsprung 4300 v. Chr.

Ort: Die Erde in der Gegend um Saqqara.

Die ersten Siedler von Perias auf der Erde. Das heißt jene, die die Reise über 417 Lichtjahre (Lj.) hinweg überlebt hatten, waren Saik und Este, Atol und Onde, Torn und Gela, Stak und Hane. Dazu die verspielte Uuna, deren Lebenspartner Onis die Reise nicht überlebt hatte, sowie die Denaer-Frauen Dyne, Mete und Iden.

Dieses Häuflein Denaer waren nicht die Ersten, die dieser schönen Welt einen Besuch abstatteten. Aber es waren die Ersten, die die Absicht umgesetzt hatten, auf diesem ursprünglichen Planeten zu siedeln und ihr Leben hier zu verbringen. Diese 13 Denaer hatten ihre Heimat für immer verlassen. Bei ihrem Abschied von Perias oder von Oonis, wie sie ihre Welt damals nannten, wurden sie von der Mehrheit der Denaer nur müde belächelt. Andere hielten die Auswanderer gar für völlig bekloppt, in eine 417 Lj. entfernte Wildnis auszuwandern. Was für eine verrückte Idee! Dazu muss man wissen, dass das Leben der Denaer auf Oonis einem lebenslangen Müßiggang geglichen hatte. Die Versorgung mit Gütern und Dienstleistungen wurde von vollautomatischen Fabriken, Verwaltungsrobotern und einer enorm leistungsfähigen Computeradministration sichergestellt. Farmen und

Tierzuchtbetriebe wurden von Maschinen betrieben, und kein Denaer hatte seit Generationen mehr einen Fuß in eine der Nahrungsmittelfabriken gesetzt.

Wozu auch?! Die Denaer unterhielten seit Jahrhunderten einen regelmäßigen Pendelverkehr zwischen Oonis und der Erde. Man hatte den steinzeitlichen Ureinwohnern beigebracht, wie man mit einfachen Mitteln wertvolle Mineralien, Erden und Erze aufspürt und abbaut, Gold oder Rhodium zum Beispiel. Auf ihren beiden Heimatplaneten waren die meisten Lagerstätten längst erschöpft. Aber die Aufrechterhaltung der beiden voll technisierten Zivilisationen verlangte nach immer mehr Rohstoffen. Und die Maschinen taten alles Maschinenmögliche, um für die Denaer die gewohnten Luxuslebens- und Vergnügungsstandards aufrecht zu erhalten. Gezwungenermaßen wurde damals immer öfter von den übergeordneten und miteinander vernetzten Maschinengehirnen die Frage diskutiert, ob es noch sinnvoll sei, die gewaltigen und ausufernden Aufwände auch weiterhin in Zukunft zu betreiben. Einfach ausgedrückt: Die Nutzen- und Aufwandsrechnungen für das vergnügliche Dasein der Denaer liefen immer schneller aus dem Ruder.

Die Denaer selbst ahnten von diesen Gedankenspielen der Maschinen, die sich bereits in eine Richtung ernsthafter Planungen hin bewegten, nichts. Wer sollte die Bevölkerung auch darüber informieren? Besteht doch seitens der Denaer nicht das geringste Interesse daran, zu erfahren oder einfach einmal nachzufragen, woher und wie Energie, Dienstleistungen und Waren bereitgestellt und herangeschafft werden.

Es war auch fraglich, ob die Mehrheit der Denaer die ganze Tragweite der Gedankengänge und Planungen der Maschinen überhaupt erfassen konnte. Waren sie doch seit Generationen daran gewöhnt, sich um nichts Gedanken zu machen und nichts in Frage zu stellen. Immerhin gab es Wichtigeres im Leben, als sich über so profane Dinge wie die Nahrungs- und Energieversorgung die Köpfe zu zerbrechen. Man hatte ja schließlich besseres zu tun!

Das Heranschaffen von Rohstoffen von den Asteroiden und Monden der beiden heimatlichen Sonnensysteme der Denaer sowie von der Erde, das war das eine. Das mit jedem Fernflug eines Erztransporters von der Erde auch eine Anzahl von steinzeitlichen Erdenbewohnern mit nach Oonis oder in das andere Sonnensystem, nach Legon gebracht worden waren, das war das andere. Diese vorzeitlichen Menschen waren nicht nur gelehrig und von kräftiger Statur, sie ähnelten »äußerlich« den Denaern fast schon auf frappierende Art, wenn man einmal von der ausgeprägten, nach hinten verlängerten Schädelform der Denaer absah.

Sich einen Menschen als … nun ja … also wie ein Haustier zu halten, galt dann auch schon bald als der Gipfel der Dekadenz und brachte zudem ungeheures Prestige. Einen Familienclown von einem 417 Lj. entfernten Planeten zu besitzen war eine extrem teure Angelegenheit. Damit konnte man sich von seinen Freunden absetzen und vor den Nachbarn und überhaupt vor allen anderen angeben, aber so richtig!

Die Menschenbesitzer hielten sich dann auch bevorzugt in ihren privaten Parkanlagen auf und ließen sich von ihren »Wilden« kühle Drinks am Pool servieren. Da geht dann auch kaum noch etwas drüber. Einen Roboter für diese Handreichungen hatte ja wohl jeder. Aber man war ja nicht jeder!

Um es nun kurz und knapp zu machen: Am Ende aller Dekadenz folgt unweigerlich der Niedergang. Nachdem die Maschinen endgültig zu dem Schluss gekommen waren, dass der weitere Unterhalt der Jux-Kultur ihrer Herren ganz und gar unsinnig und im Grunde auch nicht im Sinne ihrer »Initiatoren« gewesen sein konnte, stellten die Maschinen abrupt jeden weiteren Betrieb ein.

Die Herrschaften machten sich nach diesem überraschenden Ereignis und nachdem sich erste, ungewohnte Hungergefühle eingestellt hatten erst einmal auf die Suche. Wo in ihren Wohneinheiten befanden sich eigentlich die Vorratsräume und Kühlschränke? Wahrscheinlich hinter der automatischen Kücheneinheit, die seltsamerweise auf keinen einzigen Befehl reagierte. Der alte Service-Roboter rührte sich keinen Millimeter weit. Und auch der teure Wilde von der Erde konnte die gewünschten Symbolfelder sooft berühren, wie er wollte, aus dem Ausgabeschacht kam nichts Essbares und auch kein vitaminhaltiger oder alkoholischer Drink heraus.

Für die Denaer sah es plötzlich gar nicht mehr so gut aus. Man konnte nirgendwohin Kontakt herstellen, also auch keinen Medizin-Roboter rufen, damit dieser dann etwas gegen die unbekannten, bohrenden Hungerschmerzen unternehmen könnte. Und überhaupt, nachts war es plötzlich überall dunkel!

Den Sklaven-Clowns, von ihren ehemaligen Herren je nach Region Konae, Kona oder Kono genannt, stieg noch eine Zeit lang der Gestank der verwesenden Denaer in die Nasen. Sie kamen aber mit der neuen Situation sehr schnell zurecht, fanden sich zu Gruppen zusammen, um Tiere zu bejagen und wilde Früchte zu sammeln und etwas später auch Gemüse und eine Art Korn anzubauen. Mithin der Anfang einer richtiggehenden Landwirtschaft. Kleine Gemeinden entstanden zwischen den Resten der Spaß-Kultur ihrer einstigen Herren. Einzelne Kono begannen, die technischen Überreste in ihrer

Umgebung zu studieren, um diese Hinterlassenschaften wenigsten in Ansätzen zu verstehen.

Es war dann aber doch ein weiter, mühsamer Weg für die Kono, zuerst einmal das Rad neu zu erfinden, bis ein gewisser Aran Ros viele Jahrtausende später, während einer Raumschlacht mit den Blauen, auf die mit seiner Art genetisch identischen Menschen stieß.

5

Die Auswanderer

Saik und Este und die anderen Auswanderer, nebst einem kleinen Häuflein weiterer Denaer, die nach ihnen auf der Erde angekommen waren, war zu diesem Zeitpunkt nicht bewusst, dass sie, die wenigen hier auf dieser schönen Welt, die letzten ihrer Art waren. Unvorstellbar war es, diese Tatsache und überhaupt so einen Gedanken jemals in Betracht zu ziehen, geschweige denn zu begreifen. Zu abenteuerlich erschien allein schon der Gedanke, dass die denaische Zivilisation einfach erlöschen könnte.

Obschon die kleine Kolonie von Anfang an autark war, so war doch die Ankunft des zweiten Transports von einigen Auswanderern in ihrer kleinen Kolonie auf der Erde ein aufregendes Ereignis.

Das Robot gesteuerte Raumschiff war besatzungslos unterwegs. Biologische Besatzungen waren für so einen Fernflug schon seit längerem nicht mehr zu finden, und auch nicht mehr notwendig. Die ersten Forschungsreisen zur Erde gehörten noch zu den wenigen, die damals noch mit denaischen Besatzungen durchgeführt worden waren. Denn das irdische Sonnensystem war ohnehin das einzige, was in einem vertretbaren, etwas erweiterten Radius einer näheren Betrachtung lohnte. Die Mineralientransporte, die daraufhin folgten, wurden dann nur noch von Robotern durchgeführt. Uralte, in Stein geritzte Bilder von seltsamen Wesen, in alten Schriften sind sie oft als glänzend wie Erz beschrieben, finden sich überall auf dem Planeten Erde.

Mit der Ankunft des zweiten, nachfolgenden Erztransporters kam dann noch einmal eine kleine Gruppe von sieben Auswanderern an. Und die wurden damals geradezu frenetisch begrüßt. Die Neuen wurden herzlich aufgenommen. Man feierte tagelang, verbunden mit endlosen Gesprächen. Denn es werden nun wieder 26 irdische Jahre vergehen, bis das nächste Raumschiff über der Erde erscheinen wird.

Für die Neubürger waren nicht nur vollkommen veränderte Lebensbedingungen in einer natürlichen Umgebung verbunden mit einer gehörigen Portion ungeahnter Eigenverantwortlichkeiten zu bewältigen. Und zu ihren größten Überraschungen überhaupt gehörten der unglaubliche Geschmack von frischem Obst und Gemüse, Fisch- und Fleischgerichten von Wildtieren, die für jeden offensichtlich in großen Populationen die Savannen durchstreiften und sich in dem großen Fluss tummelten. Der Traum vom Leben in einer natürlichen Umgebung und dazu die ungewohnte Eigenverantwortlichkeit für ihr eigenes Leben brachen geradezu schockartig über die »Neuen« herein. Als dann jedoch der erwartete nächste Erzfrachter bereits zwei Jahre überfällig war, schlichen sich seltsame Gefühle des Verlassenseins unter den Denaern ein.

Ihre wenigen auf der Erde geborenen Kinder brachten den Seelenschmerzen der Älteren nur wenig Verständnis entgegen. Die Erde, das war ihr Zuhause. Dios, Eruk und Sene hörten den Erwachsenen zwar zu, bis ihnen die Geschichten aus der alten Heimat Oonis aus den Ohren heraushingen. Aber für die Jugend waren das eben nichts anderes als Geschichten. Ungeduldig warteten sie ab, bis sie endlich raus durften, um mit ihren menschlichen Freunden zusammen Antilopen zu jagen. Die Alten saßen dann oft noch lange beieinander und rätselten über das Ausbleiben des Frachters. Sollte der nicht mehr über der Erde erscheinen, dann wäre das nächste Schiff erst in vierundzwanzig Jahren wieder zu erwarten. Was könnte es aufgehalten haben? War es in eine interstellare Katastrophe hineingeflogen und verglüht? Bei annähender Lichtgeschwindigkeit kann so ziemlich alles passieren. Bei aller Technik ist und war die Raumfahrt immer mit Risiken verbunden gewesen.

Als dann aber niemals wieder einer der kombinierten Schürf- und Erzfrachter über der Erde erschien, entwickelte sich unter den letzten Denaern und ihren Nachfahren ein Oonis-Kult um die alte Heimat in den Sternen. Dieser alte Kult und Glaube ging dann nahtlos auf die Menschen in den Goldminen und Wohnstätten Nordafrikas, Mittelamerikas oder Indiens über. Dass überhaupt einmal vor unendlichen Zeiten Fremde Bewohner von den Sternen auf der Erde angekommen waren, ging in den Legenden der Menschen auf. Später hielten sich einige von ihnen selber für die Nachfahren dieser Götter. Das Wissen um die nach hinten verlängerte Schädelform der Vorfahren hielt sich noch viele Generationen als königliches Merkmal und wurde von den nachfolgenden menschlichen Herrschern, den Pharaonen, als Relikt und Statussymbol mit hohen Bekrönungen ihrer Häupter nachempfunden. So weit die Historie.

In der Folge haben sich die Menschen auf Oonis, Phara und der Erde unabhängig voneinander in ähnlichen Bahnen entwickelt. Die Menschen und die Kono haben, ohne voneinander zu wissen, auf drei Welten das Erbe der Denaer angetreten. Die technischen Errungenschaften ihrer ehemaligen Herren blieben jedoch für die Erben für viele Jahrhunderte im Dunkeln. Kono und Menschen blieb nichts anderes übrig, als das Rad und alles andere auch von Grund auf neu zu erfinden.

Und es begab sich zu einer Zeit, als die Worte Historie und Vorzeit noch nicht existent waren. Die Menschen lebten im Jetzt und auch der Tod war nicht wirklich existent. Der Tod war nur ein Übergang in eine andere Existenz in den umgebenden Dingen, der Toten-Welt. Die Ahnen hatten nur die alten Hüllen abgestreift, wie es Schlangen tun oder auch Raupen nach der Verpuppung, um als wunderschöne Schmetterlinge oder Falter wieder Auferstehung zu feiern.

Sonne Mond und der Wind sind mächtige Götter. Die Geister wohnen zusammen mit den Ahnen in Wäldern, Felsen und Bergen oder in den Tieren in der Umgebung. Es sind gute Geister, die aber unvermittelt und plötzlich sehr wütend werden können und Tod und Verderben über die Menschensippen bringen konnten, wenn sie gerade einmal nichts anderes zu tun hatten. Wenn den Geistern also einmal langweilig ist, können sie den Sippen das Leben so richtig versauen.

Aber! Die Ahnen treiben Handel mit den Luft- Berg- und Wassergeistern, um sie auch weiterhin milde zu stimmen. Aber die Menschen mussten ihren Teil in Form von Opfergaben beitragen. Das war der Deal. Sonst könnte ja das Leben in der diesseitigen und der anderen Welt total aus den Fugen geraten; und wer wollte das schon?

Für die zu erwartenden Freundlichkeiten der Geister drängte man ihnen die Opfergaben geradezu auf. Man kann es unumwunden auch Bestechung nennen. Ein Geben und Nehmen also. Und es scheint auch meistens zu funktionieren.

Und es begab sich zu einer Zeit, als die Götter plötzlich in Menschengestalt und in glänzenden Hüllen in die Welt der Sippen kamen. Und auch ihnen musste fortan geopfert werden. Die Götter hatten Menschengestalt angenommen und von da an Gesicht und Gestalt. Die Zukunft hatte begonnen.

TEIL 2

Uuntschschii in Gefahr

Der Robot-Commander der Spitfire leitet schon mal vorsorglich die Verzögerung seines Schiffes ein. Den selbstverliehenen Schiffsnamen Spitfire hatte die Besatzung ihrem Kampfschiff unter der vorgeschriebenen Kennung »Galaktische Union – Terra Warship SS 1058 p« ganz und gar selbstbewusst in Feuerrot auf den Rumpf gepinselt.

Die beiden Handelsschiffe des kleinen Verbandes folgten dem Manöver der Spitfire ganz automatisch. Jedenfalls solange keine unmittelbare Gefahr drohte, und davon war im Moment nicht auszugehen. Bei aller Hochtechnologie war es keinem Unionsschiff gestattet, solo auf Fahrt zu gehen. Zu viele Raumschiffe, die allein unterwegs waren, sind in der Vergangenheit verschollen gegangen.

Zugleich ließ der Flight-Commander Commander Josy Callahan aus der Schlafstarre wecken. Und sobald die Kommandantin auf der Brücke eintraf, ging das Kommando über das Kriegsschiff unverzüglich auf die Kommandantin Callahan über. Die ließ sich als Erstes über alles informieren. Da sie als Einzige aktiviert worden war, gab es offenbar eine außerplanmäßige Reiseflugunterbrechung.

»Also K3, deine Meldung!«

»Ich freue mich, Sie nach so langer Zeit wieder auf der Brücke zu erblicke, Commander Callahan. Sie sind schöner und begehrenswerter als je zuvor!«

»Meldung, K3!«

»Ich habe die erste Stufe des Abbremsvorganges eingeleitet. Aus dem Uuntschschii-System vor uns wurden von den Ferndetektoren ungewöhnliche Energieentladungen verzeichnet. Die Auswertungen deuten auf Kampfhandlungen hin. Und da die Uuntschschii-Nation der Galaktischen Union angeschlossen ist, sind wir verpflichtet, nachzusehen, was da vor sich geht. Und ich muss sagen, Commander, Sie waren selten so hübsch anzusehen wie heute!«

»Gut – ja – danke. Also K3. Ich möchte, dass die Messergebnisse vollständig ausgewertet werden. Wir sollten wissen, was da vorne vor sich geht, in dem Uuntsch…tschii-System …«

Callahan sah sich auf ihrer Brücke um, ganz so, als wäre sie schon seit einer Ewigkeit nicht mehr hier gewesen. Was ja im Grunde auch irgendwie den Tatsachen entsprach.

»Commander Callahan! … Ersten Analysen zufolge wurde ein Planetarischer Raumtransporter der Okra abgeschossen«, unterbrach Flight-Commander K3 Callahans Gedankengänge. »Das Versorgungsschiff wurde noch während der Startphase zerstört.«

»Ein Raumtransporter der netten, harmlosen haarlosen Okra?«

»Ja genau«, antwortete K3. »Um es mit den Worten von Leutnant Bettamy zu sagen: Sie hatten keine Chance und wurden einfach so abgeknallt.«

»Gut … okay K3! Hol die Leute aus den Zeitkapseln, wir werden mal schauen, was da los ist!«

»Sie wiederholen sich, Commander Callahan. Wir schauen also mal nach, was da los ist.«

Josy Callahan wirft einen missbilligenden Blick auf das zentral angeordnete psychotronische Schiffsgehirn des Reiseflug-Kommandanten, das heißt auf die blitzenden Lichteffekte unter der transparenten, hoch festen Kuppel. Sie würde wohl nie begreifen, wie das aus sich selbst heraus entwicklungsfähige Rechen-, Denk- und Handlungsmonster tatsächlich funktioniert.

»Red' nicht so oberklug daher«, bemerkte Callahan. »Fahr lieber mit den Analysen fort.«

Die Leute der Brückencrew trafen kurz darauf nacheinander im zentralen Kommandostand ein und meldeten sich zum Dienst. Das gesamte Raumschiff war in kürzester Zeit einsatzbereit, was kein Wunder ist. Die Systeme werden in wenigen Sekunden von Null auf Standartleistung hochgefahren. Und auch die Besatzung ist in wenigen Augenblicken von der Ruhephase in die Alarmbereitschaft gewechselt. Gerade so, als hätten sie keine 83 Jahre lang auf Minimalfunktion heruntergefahren in ihren Zeitkapseln gelegen.

Die Besatzung der Spitfire ist menschlich, das heißt in der evolutionären Form menschlicher Avatare. Eine perfekte kybernetisch-biologische Symbiose des Ich's, mit all seinen jemals gemachten Erfahrungen und Gefühlen. Die Übergangsform eines Menschenlebens in eine weiterführende Existenz seiner zuvor bekannten Körperlichkeit, und trotzdem keine Maschine. Ungefähr da, wo einstmals das Herz des Menschen schlug, befindet sich seine DNA-Reproduktionskapsel. Josy Callahan kann sich, wenn sie die Zeit für gegeben hält, in ihre vorherige biologische Existenz wandeln lassen und wieder eine ganz normale Sterbliche werden. Denn: Wer möchte schon, in welcher Form auch immer, ewig leben?

6

Zwei ausgebuffte Krieger

Die Brücke der Spitfire füllt sich zügig. Das ist der große Vorteil der Avatare in der Raumfahrt. Tage des Unwohlseins der biologischen Besatzungen, nachdem sie in ihren Schlaftanks geweckt worden waren, die gibt es für kybernetisch-biologische Übergangslebensformen praktisch nicht.

Antonio Fox der Waffenleitoffizier meldet sich und seine Geschützbesatzungen einsatzbereit. Markus Sivering hält die Energieströme und das Energiemanagement im Fluss. Ein ruhiger Job. Aber wenn's dann einmal heiß hergehen sollte, dann kann man den Mann an seinen Schalteinheiten toben sehen. Im Kampfeinsatz werden in Sekundenbruchteilen die Energieströme zu den wichtigsten Verbrauchern umgeleitet. Im Falle eines mit annähender Lichtgeschwindigkeit (Lg.) auftreffenden »Volltreffers« aus einer schweren Protonenstrahlkanone, saugt das betreffende partielle Abwehrschirmsegment für einen Augenblick die Energie von den Bordkanonen ab.

Markus Sivering aber hat bei dem, was er tut, genügend Zeit und Muse, sich darüber Gedanken zu machen, wie man die auftreffenden Energien direkt den Schirmen zuführen könnte. Kein schlechter Gedanke. Da wünschen wir dem Markus doch Erfolg damit, die gegnerischen Protonenstrahlen direkt dem eigenen Energiemanagement zuzuführen, vielleicht sogar mit einem Rückkoppelungseffekt.

Geschützassistentin Darling Torquato, die zierliche Frau

heißt wirklich so, nimmt in ihrem Kampfstand platz. Sie wird auch sogleich von K3 auf das herzlichste Begrüßt:

»Miss Darling, Sie sehen wieder einmal zum Dahinschmelzen aus. Sie werden von Mal zu Mal hübscher.«

»Red' keinen Mist K3. Die aktuelle Existenz meines Avatars unterliegt keiner Wandlung«, antwortete sie mit unpassender Sanftheit in der Stimme zu der konträren Kernaussage ihrer Antwort. Gerade so als gäbe es da eine unerklärte Vertrautheit zwischen den beiden.

Josy Callahan wirft einen stirngerunzelten Blick zu ihrer Kanonierin hinüber. Die erwidert den Blick und sagt Schulter zuckend:

»Unser Flight-Commander ist doch ein ganz lieber oder nicht, Josy?«

Die gibt ihr keine Antwort. Herrscht doch ein lebhafter Disput unter der Mannschaft, ob K3 männlich oder lesbisch oder sonst was ist?

Der andere Offizier an den Geschützen ist Master Robert Godzilla, auch der stämmige Typ heißt tatsächlich so. Irgendein Vorfahr hatte zu irgendeiner Zeit seinen Familiennamen ändern lassen und damit alle seine Nachkommen zu Godzillas gemacht. Godzilla wird von K3 nicht extra auf der Brücke willkommen geheißen. K3 ist eben ein echter Womanizer oder eben eine verliebte Emanze, wer wird das schon so genau wissen wollen. Godzilla scheint jedenfalls nicht K3's Typ zu sein. Das interessiert dann aber auch niemanden mehr, als K3 ein Ortungsreflexsignal meldet:

»Man hat uns geortet. Jetzt geht's rund, Leute. Ich empfehle, dass die beiden Robot-Transportschiffe fürs Erste einmal verschwinden und in Deckung gehen.«

»Veranlasse das, K3«, bestätigt Callahan. »Die Raumjäger

in den Hangars müssen in Bereitschaft versetzen werden! Wir wissen nicht, mit wem wir es zu tun haben, also Obacht Leute!«, ruft Callahan und sieht sich unter ihren vollständig versammelten Brückenoffizieren um. »Alles bereit?«

»Bereit! Rufen die Offiziere wie aus einem Munde, um sich dann gleich darauf ihren Displays und Armaturen zuzuwenden.

»Beten wir, dass der Typ an den Ortungsschirmen gerade mal nicht so genau hinsieht«, redet K3 in die angespannte Stimmung auf der Brücke hinein.

»Weiß eigentlich jemand, dass unser K3 lammfromm und gottesfürchtig vor dem Herrn ist?«, flachst Godzilla in seinem Geschützleitstand.

»Die fremden Ortungsstrahlen wurden größtenteils absorbiert oder zerstreut«, fährt K3 ungerührt fort, ohne auf Godzillas Geflachse einzugehen. »Wollen wir also hoffen, dass der Verantwortliche an den Geräten die Ortungsanomalien, wenn überhaupt, fälschlich interpretiert oder ignoriert.«

»Wir werden trotzdem erst einmal vorsorglich in den Ortungsschatten des sechsten Planeten Aanssin eintauchen und einen stellaren Raumjäger auf Erkundung schicke, K3!«

»Okay, Commander, wird gemacht«, bestätigte K3 kurz.

»Wer meldet sich freiwillig für den Auftrag?«, fragt Callahan bei den Besatzungen der Raumjagdstaffeln an. Und nach einer kurzen Pause: »So geht das nicht, Leute. Wenn sich alle zusammen gleichzeitig melden, führt das zu nichts.« Callahan blickte zu Einsatzoffizier Zechner hinüber und forderte ihn mit einem Kopfnicken zu einer personellen Entscheidung auf.

»John Buzzy und Freddy Sharma. Die beiden sind ausgebufft genug, um den Typen da vorne mal auf den Zahn zu fühlen. So sagt man doch?«

»So sagt man, Zech! Okay!«, antwortete Callahan. »Nichts dagegen einzuwenden. Also los! Viel Glück, Männer!«

Buzzy und Sharmas aerodynamischer Raumjäger, der gleichermaßen für den Einsatz in einer planetaren Atmosphäre und im luftleeren Raum zwischen den Planeten konzipiert worden war, löst sich im Hangar aus seiner Verankerung. Vor ihnen öffnet sich das Schott der Start-Tube, nachdem die Luft vollständig aus der Tube abgesaugt worden war. Die Frontspitze des Jägers deutete genau in die Flugrichtung, oder besser gesagt in die antriebslose Fallrichtung der Spitfire. K3 lässt einen kaum messbaren Korrekturimpuls mit den Steuerdüsen des Raumkreuzers ausführen, und der Raumjäger in seiner Tube hebt wie in Zeitlupe aus der Verankerung ab, aber nur scheinbar. In Wirklichkeit hat sich die Spitfire unter Buzzy und Sharma nur ein wenig weggeneigt. Schwerelos schwebt der Jäger in der Tube. Irgendwie spuky für jemanden, der die Prozedur nicht kennt.

K3 gibt unmittelbar darauf den Befehl für die Ausführung eines kaum messbaren Bremsschubes mit den vergleichsweise schwachen Steuerdüsen. Mehr braucht es nicht und der Raumjagdzerstörer schießt geradezu aus seiner Start-Tube hinaus ins All. Was einem uneingeweihten Betrachter vom Schiff aus wiederum wie eine Täuschung seiner Sinne vorkäme. Der Raumjäger liegt nämlich immer noch unverändert auf der alten Flugbahn der Spitfire. Die Spitfire ist es, die sich nach dem kurzen Bremsmanöver von dem kleinen Jagdzerstörer entfernt. Buzzy und Sharma fallen antriebslos mit rund 60.000 Stundenkilometern auf einer unauffälligen Fallroute durch das System der Sonne Asstaar. Wer da nicht genau hinsieht, der kann schon mal leicht den winzigen Punkt auf seinen Radarschirmen mit einem einsamen Meteoriten verwechseln, oder so etwas in der Art. Also eigentlich kein Grund, sich Sorgen zu machen.

Auch wenn John Buzzy und Freddy Sharma das Manöver nicht zum ersten Mal ausführen, ist es doch immer wieder beeindruckend, wie innerhalb eines kaum messbaren Augenblickes der Innenbereich ihrer Starttube verschwindet und sie wie in einem Szenenwechsel von einem sternengesprenkelten, endlosen Weltenraum umgeben sind. Trotz ihrer zirka 60.000 Stundenkilometern Fallgeschwindigkeit, erscheint ihnen ihre Umgebung wie eine eingefrorene Holografie. Wäre da nicht das Funkeln der Sterne, bliebe nur der Eindruck einer Momentaufnahme. In ihrem Raumjäger ist es vollkommen still. Fast lassen sich die fliesenden Energieströme hinter den Frontdisplays erahnen …

»Okay!«, ruft Buzzy in die Stille hinein. »Zack, leg meine Scheibe auf!«

Zack, der Bordcomputer, lässt sich nicht zweimal bitten. Die Daten aus dem Speicher von John Buzzys Avatar, der er nun einmal ist, hatte er schon vor einem Jahrhundert runtergeladen. Der traditionelle Irish-Song ertönt fast augenblicklich in der Kanzel.

It's a long way to Tipperary
It's a long way to go.
It's a long way to Tipperary
To the sweetest Girl I know.

Goodby Piccadilly!
Farewell, Leicester Square!
It's a long way to Tipperary
But my heart's right there.

»Schon wieder… immer dasselbe Lied!«, meckert Freddy Sharma seinen Waffenleitoffizier an.

»Was regst du dich auf? Das letzte Mal, als Zack den Song abgespielt hat, ist jetzt schon 80, 85 Jahre her.«

»Für mich fühlt sich's an, als wäre es erst Vorgestern gewesen.«

»83 Jahre nach der korrekten Schiffszeit der Spitfire!«, meldet der Bordcomputer.

»Vorgestern!«, sagt Freddy

»Dreiundachtzig!«, sagt John.

»Da tut sich was!«, ruft Freddy mit einem Blick auf seine Displays.

»Was?«

»Die Typen vor uns sind vielleicht doch nicht so unausgeschlafen, wie wir uns das erhofft hatten.« Freddy schaltete von einer Sekunde auf die andere auf Aktion.

»Was sagen deine Anzeigen?«

»Tja - da kommt was auf uns zu. Falls es sich um keinen Zufall handelt, kann das nur bedeuten, »die« haben das minimale Abstrahlungsmuster von unserem Zerstörertyp in ihren Speichern und können ihn somit zuordnen. Das könnte bedeuten, dass wir mit den Fremden schon einmal in Kontakt gekommen sind. Die kennen uns von irgendwoher?«

»Ups!«

»Mehr fällt dir nicht dazu ein als ups?«

»Ich sage nur ups.«

»Dich möchte ich einmal ernsthaft erleben. Wir müssen uns irgendwie verschanzen. Wenn »die« realisieren, dass wir nur so eine Art Beiboot sind, und sich zusammenreimen, dass ein großes Mutterschiff in der Nähe sein muss. Im Notfall müssen wir verschwinden oder uns abstrahlungstechnisch größer machen als wir in Wirklichkeit sind. Wir dürfen die Spitfire vorerst nicht unnötig in den Focus der Typen da bringen. Also ... wie siehst du das?«

»Genau!«

»Was, genau?«

»Ja genau, mach mal, genau wie du sagst.«

»Also dann lass uns mal Verstecken spielen, Buzzy. Check deine Waffen durch!«

»Meine Waffen sind gecheckt, klar!«, antwortete John Buzzy schon leicht angefressen. »Haste deine Pilotenlizenz dabei?«

»Hä?«

»Wenn du mich nach dem Zustand meiner Waffen fragst, dann frage ich dich nach der Gültigkeit deiner Raumkapitänslizenz. Klar!«

»Pff – halt einfach deine Klappe, ja?«

»Ich sage jetzt gar nichts mehr.«

»Besser so. Diese bösen Onkels kommen direkt auf uns zu. Ich dreh ab, der harmlose Asteroid ist somit gestorben«, rief Sharma, ohne weiter auf Buzzy einzugehen. Ihm war ohnehin und sowieso klar, dass jeder Zweifel an der Einsatzbereitschaft von Buzzys Waffensystemen Freundschaften auf eine schwere Probe stellen.

»Verdammt!«

Hätte sich Sharma nicht in dieser Sekunde entschlossen, das bisschen Tarnung aufzugeben und volle Energie auf die Photonentriebwerke zu leiten, dann wäre der Oberschenkelstarke Protonen-Impuls-Strahl ohne Vorwarnung mitten durch ihren Zerstörer gegangen. Ihr Jagdzerstörer wäre in einem einzigen winzigen Augenblick pulverisiert worden.

Tja, ab diesem Moment befanden sich die beiden nun tatsächlich im Einsatz und im Krieg mit ... ja mit wem eigentlich? Das fragten sich die beiden, mit deren Ruhe es jetzt erstmal vorbei war. Sharma nahm Kurs auf Uuntschschii. Buzzy machte derweilen Fingerübungen. Bereit sein ist alles.

Zwei … drei … nein vier Protonenstrahlen gehen in kurzer Folge und beängstigend knapp an dem Zerstörer vorbei. Der gegnerische Kanonier versteht offenbar sein Handwerk. Buzzy pfeift in völliger Verkennung der Situation anerkennend durch die Zähne.

Die Schussbahnen an sich sind visuell, also von Auge kaum oder eigentlich gar nicht zu erfassen. Darum werden diese für Pilot und Waffenleitoffizier auf den Instrumenten farblich visualisiert und etwas verzögert dargestellt. Sonst hätte man ja gar nichts von den farbigen Spektakeln, das einem Video-Spiel nicht unähnlich ist. Dazu eine Unmenge Informationen, die Sharma aber kaum alle auf einen Blick erfassen kann. Sharma fliegt seinen Zerstörer intuitiv, das ist seine Stärke. Buzzy weiß das und verlässt sich geradezu gottergeben auf das Können seines Kumpels.

Gar nicht gottergeben zuckt Buzzy hingegen nervös mit den Fingern. Er hat alle Schalter und Knöpfe, die er drücken oder schieben könnte, in Reichweite. Obwohl er das Feuerleitsystem kraft seiner Gedanken steuert, werden Knöpfe und Schalter immer noch als gängige Steuerelemente eingebaut, sodass im Notfall auch Sharma mit der Faust auf den Feuerknopf schlagen könnte. Der Hauptcomputer des Zerstörers, helle genug, weil intelligent und lernfähig, ist zudem in der Lage, ein Ziel auch eigenständig zu definieren und mit den passenden Waffen zu bekämpfen. Doch John Buzzy kann das nervöse Zucken seiner Finger immer noch nicht kontrollieren. Der Mann will sich duellieren, und zwar mit jedem, der ihm jetzt irgendwie Blöde kommt.

An Sharma zuckt nichts, der bedankt sich derweil in Gedanken bei den Konstrukteuren, die ihr Hauptaugenmerk auf die Wendigkeit und die Beschleunigungskraft des kleinen giftigen Insekts gerichtet hatten. Viel mehr als ein Insekt ist der Raumjäger im Vergleich zu den großen Kriegsschiffen ja auch nicht. Und so verhalten sich Sharma und Buzzy dann auch im Einsatz. Zustechen und schleunigst wieder verschwinden.

Dass sie hier eigentlich einen Aufklärungsauftrag abarbeiten sollten, hatte sich nun ja erledigt. Die Sache ist wegen einem aufmerksamen Radarfuzzy sehr schnell heiß geworden. Sehr Heiß. Und die gewaltigen Maschinen des fremden Raumschiffes beschleunigen kaum langsamer als das Insekt. Bleibt ihnen also nur die Wendigkeit. Sharma hat schon wieder ordentlich zu tun. Buzzy macht noch immer seine Fingerübungen.

7

Jagdszenen aus Suumit

In der Umgebung von Suumit, der Stadt, die nahe dem Raumhafen Uuntschschiis liegt, herrscht helle Aufregung unter den Okras. Panikartig hatten einige hundert Einwohner das im Hafen liegende Versorgungsschiff der Mondkolonien gestürmt.

Mit Fahrzeugen, oder so schnell sie ihre Flossenfüße trugen, hatten die Leute nur ein Ziel, möglichst schnell den schrecklichen Angreifern zu entfliehen. Genützt hatte es ihnen nichts. Die reguläre Mannschaft des Versorgungsschiffs hatte sich unbemerkt von den Angreifern und der Bevölkerung an Bord schleichen können. Als es sich dann unter den Okras herumgesprochen hatte, dass etliche Familien der Schiffsbesatzung und der Stadtregierung mit dem Transporter flüchten wollten, setzte der Run auf die vermeintlich einzig verfügbare Fluchtmöglichkeit ein. Nur weg, war die Devise.

Als dann das Schiff in der Startphase mit nur einem einzigen Treffer aus einem Schiffsgeschütz der Invasoren in einer bunten Kaskade zerplatzte, stoben die Zurückgebliebenen unter einem Trümmerregen in alle Richtungen auseinander. Das Durcheinander war vollkommen.

Für die Bewohner Uuntschschiis eine Situation, wie sie sich in ihrer Geschichte noch nie ereignet hatte. Die Okra sind seit Okragedenken eine friedliche, ausgleichende Gesellschaft. Kein Okra kann sich daran erinnern, dass es jemals kriegerische Handlungen auf ihrer Welt gegeben hätte. Was soll nun werden? Diese Wesen hatten den Fremden nichts entgegenzusetzen. Dieser Art von Gewaltorgien und willkürlicher Zerstörungswut waren die Bewohner der Hafenstadt Suumits hilflos ausgeliefert. Hoffnungslosigkeit breitet sich aus.

86 Jahre irdischer Zeitrechnung war Aran Roses Flaggschiff zusammen mit einem weiteren verbliebenen Kriegsschiff seiner glorreichen Flotte durch die äußeren Regionen der habitablen Ringzone der Milchstraße gefallen. Hier im Uuntschschii-System sind sie dann auf den ersten, bewohnten Planeten getroffen.[2]

Die arglosen und harmlosen Bewohner hinderten die beiden Kriegsschiffe nicht daran, auf ihrem Raumhafen nahe Suumit zu landen. Es wäre ihnen auch kaum möglich gewesen. So etwas wie eine planetare Abwehr gab es auf Uuntschschii nicht. Den Wesen auf dieser Welt blieb daher auch nichts anderes übrig als das Gaffen. Nicht nur der beiden unbekannten Raumschiffe wegen, sondern weil es sowieso ein äußerst seltenes Ereignis war, dass mal ein Schiff der Galaktischen Union Uuntschschii ansteuert. Ein Ereignis, das so manchem Okra innerhalb einer Lebensspanne zu erleben nicht vergönnt ist.

Eigentlich wollte Aran Ros nur einen Landeplatz aufsuchen, um seine Schiffe instandzusetzen und um Vorräte aufzunehmen und einzulagern. Dem Kono war dann aber sehr bald klargeworden, dass man von den Okras nichts zu befürchten hatte. Ros machte sich daher gar nicht erst die Mühe, um eine Landeerlaubnis zu bitten. Nach der desaströsen Niederlage seines Kampfverbandes im irdischen Sonnensystem war Ros ohnehin gerade auf nichts und auf niemanden gut zu sprechen.

Die Okra standen um ihren Hafen, größtenteils eine Art naturbelassenes Felsenplateau, herum und sahen den Aktivitäten der Fremden leicht apathisch zu. Ihre Rechte einzufordern, das gehört nicht zu den Eigenschaften der Okra. Eher ein: »Mach was du für richtig hältst, aber lass mich in Ruhe.« Die Probleme fingen erst an, als sich einige der Besatzungsmitglieder auf die Jagd begaben, um endlich mal etwas anderes als die ewig gleiche angereicherte Standardnahrung auf ihre Speiseplatten zu bekommen. Jedoch in Ermangelung von jagdbarem Hochwild begannen einige Spinner innerhalb der Jagdgruppen damit, die Zuschauer abzuknallen. Man wollte wohl in Erfahrung bringen, ob man die Eingeborenen essen kann, vielleicht schmeckten sie ja gar nicht mal so übel. Wer weiß?

Der Alienfresser-Krieg

Nach und nach entwickelte sich ein Bild der Ereignisse auf Uuntschschii. Aufgefangene TV-Nachrichtensendungen einiger Sender zeigten Bilder von Menschen, die auf panisch durcheinanderrennende Okras schießen und die Toten dann abtransportierten.

Die Sprache der Okra ist für die Bordrechner kein Geheimnis und die fremden Menschen wurden sehr schnell als Kono identifiziert. Die Besatzung der Spitfire ist hier im Uuntschschii-System völlig überraschend auf einen Teil der Invasionsflotte der Kono gestoßen. Deren Reste flohen seinerzeit, als sich das Blatt für die Angreifer zu wenden begann, in einem ungeordneten Durcheinander aus dem irdischen Sonnensystem. Wobei es zu einer regelrechten Aufsplitterung des Verbandes kam. Was von der Flotte übrig blieb, wurde in alle Sternenrichtungen versprengt. Die Einheiten werden sich unter diesen Umständen kaum jemals wieder vereinen können. Einmal in den Tiefen des Weltraumes zerstoben, ist es eine schiere Unmöglichkeit, wieder zusammenzufinden.

Freddy Sharma, der mit dem feindlichen Kono-Kriegsschiff gerade Katz und Maus spielte, nannte das Raumschiff schon bald »Tom«.

»Dann sind wir folgerichtig Jerry?«, meinte John Buzzy stirnrunzelnd mit einem Blick zu Sharma hinüber. »Ich hoffe, du weißt, was du tust!«

»Keine Bange. Der Konokasten ist zwar sauschnell, aber lange nicht so wendig wie wir.«

»Aha! Na, da bin ich aber so was von beruhigt, Alter.«

Im Vorbeiflug und mit zwei weitläufigen Umrundungen der Welt der Okras hatten sie schon nach Kurzem genügend Daten und Informationen gesammelt und Energieabstrahlungen ausgewertet, um sich ein Bild von der Lage vor Ort machen zu können. Außer »Tom«, der den Manövern Sharmas immer mit etwas Verzögerung folgte, befand sich ein zweites Schiff der Kono auf Uuntschschiis einzigem Raumhafen. Sie hatten es also mit zwei Gegnern zu tun.

»OK, hauen wir ab und machen Meldung.«

»Machen wir, aber zuerst muss ich noch Tom abschütteln. Mal sehen, ab wir ein passendes Mauseloch oder Wurmloch finden. Wie findest du das?«

»Gut. Mach so weiter. Ich sehe mir das von meinem Logenplatz aus in aller Ruhe an.«

Sharma tat nun das, was schon zur Zeit der alten Kamikaze- Piloten ein uralter Trick war. Aus der Sonne heraus anzugreifen. Allerdings steuerte Sharma sein giftiges Insekt erst einmal zielgerichtet direkt auf die gelbe Sonnenscheibe zu und wurde dadurch relativ unsichtbar für ihren Gegner. Das Zentralgestirn überstrahlte so ziemlich alles, ganz besonders einen kleinen Jagdzerstörer.

»Toms« Kommandant jagte mit Volllast hinterher. Irgendwann musste dieser fremde Pilot mit seinem Schiff ja auch wieder über dem Sonnenhorizont auftauchen, wenn er es nicht gerade darauf abgesehen hatte, in den oberen Schichten der Sonne zu verglühen. Sharma hatte da ganz andere Pläne. Er flog ein enges Wendemanöver vor dem Hintergrund der riesigen Sonnenscheibe und hielt dann auf den Kono-Kreuzer zu. Jedoch nicht auf direktem Kollisionskurs, denn aufgrund des Wendemanövers ergaben sich ein paar Strich Abweichung zum Kurs des Gegners.

»Toms« Kommandant war sich seiner Sache ziemlich sicher, dass Sharma und Buzzy in diesem Augenblick nur noch an Flucht dachten und die Hosen voll hatten. Die Überraschung, die im nächsten Moment folgte, traf ihn daher umso härter. Als Sharma mit seinem Zerstörer in Front auftauchte und in demselben winzigen Moment hinter »Tom« dessen Flugbahn kreuzte und verschwand - genau in diesem Moment traf es das Schiff mit voller Wucht.

Buzzy grinste vergnügt vor sich hin, als er sich auf den Schirmen den Feuerzauber ansah, den er kurz vor dem Kreuzungspunkt, direkt auf der Flugbahn des Kono-Kreuzers angerichtet hatte. Zwei konventionelle Torpedos und für einen Sekundenbruchteil die gesamte verfügbare Energie auf den Frontprotonenstrahler geleitet, sorgten dafür, dass »Tom«, wahrscheinlich zum ersten Male, seit er die Produktionsstätte verlassen hatte, so richtig durchgeschüttelt worden war.

Für Buzzy hatte der Kampfeinsatz kaum mehr als zwei Sekunden gedauert, so eine Art Blitzkrieg also. Seine Gegner taten ihm fast ein wenig leid. Die hatten jetzt alle Hände voll zu tun, um ihre Kiste wieder unter Kontrolle zu bringen und um von der mörderisch und bedrohlich nahen Sonne schnell genug wegzukommen. Ja, manchmal bringt das Jagdfieber den Jäger selbst in größte Schwulitäten oder in Bedrängnis, um es einmal nicht so ordinär auszudrücken.

Zack leitete die gesammelten Daten direkt an Flight-Commander K3, den Robot-Kommandanten weiter. Freddy Sharma machte vor Commander Callahan Meldung und Buzzy stand dabei und nickte bekräftigend dazu.

»Und Sie, Oberleutnant Buzzy, haben einen Gegner angegriffen, der mehr als 10.000 Mal so viel Masse hatte als ihr Zerstörer?«

»Habe ich«, antwortete Buzzy bescheiden.

»Hm … Keine Angst gehabt?«

»Nein! Angst kennt man in meiner Familie nicht mehr seit Bill Buzzy, irgendeiner meiner Ur-Onkels, ein Mittelgewichtler, bei Schaukämpfen regelmäßig Schwergewichtler auf die Bretter geschickt hat.«

»Bill Buzzy also?«

»Jap!«

»Na schön, Buzzy. Damit haben Sie ja jetzt die Kampfhandlungen eröffnet.«

»Die waren drauf und dran, uns abzuknallen!«

»Ja-ja, das ist wohl wahr, das sagte Major Sharma schon. Gut gemacht, Oberleutnant Buzzy. Ich fürchte, Sie werden in Kürze noch mehr Gelegenheiten erhalten, Schwergewichte auf die Bretter zu schicken, um es einmal an Bill Buzzy angelehnt zu sagen oder respektive: Schwergewichte aus der Umlaufbahn zu schießen.«

Buzzy antwortete mit einem vielsagenden Grinsen.

»Freuen Sie sich nicht zu früh, Buzzy. Die Kono sind keine leichten Gegner.«

»Gut«, mehr hatte er wohl dazu nicht zu sagen.

»K3!«

»Commander Callahan!«

»Sende den beiden Robotfrachtunits die Anweisung, auf Kurs zu bleiben und die Fallgeschwindigkeit auf 70 Prozent der Lichtgeschwindigkeit zu reduzieren. Die holen wir dann später ganz bequem wieder ein. Ausführung, K3!«

»Der Sendeimpuls ist auf dem Weg, Commander Calla-

han. Den Befehl werden die Frachter in 1187 Stunden Schiffszeit erhalten.«

»Danke K3 … Okay Leute, wir werden ein Landungsteam
zusammenstellen. Ich erwarte in exakt 30 Minuten ihre Mel-
dungen zur Einsatzfähigkeit aller Truppen- und Geschwade-
reinheiten. Ich werde bis dahin mit dem 1. Offizier, mit K3
und dem Einsatztruppenleiter einen vorläufigen Landungs-
und Angriffsplan erarbeiten. Also an die Arbeit, Leute!«

Die schiffseigene Fabrik hatte inzwischen bereits damit begonnen, die Produktionsvoraussetzungen für die benötigten
Waffen und Geräte hochzufahren. Im Wesentlichen werden
das wohl 350 speziell für diesen Zweck geeignete Kampfdrohnen sein, zirka einen Meter durchmessende lauf- und flugfä-
hige Oktogonscheiben, die permanent miteinander vernetzt
sein werden.

»Die Entscheidungen sind getroffen, Leute. Wir werden
Punkt 266 – 13h 00’ Schiffszeit die Landung auf Uuntschschii
starten.«

Callahan schaute in die Gesichter der Umstehenden. Sie
konnte darin keine Dissonanzen erkennen. Die Mannschaft
war offenbar bereit, den Kampf mit den vertriebenen Kono
wiederaufzunehmen. Hatten doch etliche der Leute ihrer
Besatzung schon vor 83 Jahren Schiffszeit plus fünf Jahre irdischer Zeit gegen die Kono gekämpft. Callahan nickte zufrieden. Gute Voraussetzungen für das, was da kommen mag,
dachte Josy bei sich.

»Oberst Scarpetta wird mit 17 Mann seiner Einsatztruppen in das Gebiet um den Hafen nahe Suumit vordringen.
Die Vorgehensweise wurde weitestgehend an die Gegeben-

heiten vor Ort angepasst und wird vor Ort von Oberst Scarpetta modifiziert werden.« Josy sah sich nochmals unter den Leuten um. »Die Einsatztruppe wird im Feuersee nahe dem Raumhafen ihr Basislager einrichten. Zur allgemeinen Information: Der Feuersee ist ein weitläufiges natürliches Gewässer, das laut unseren vorliegenden Informationen hauptsächlich der Zucht von Krustentieren und als Löschquelle für Brände im Bereich des Raumhafens dient. Noch Fragen? ... Keine Fragen! Also dann Hals und Beinbruch, Leute. Viel Glück!«

Die Starttubes der Zerstörerflotte sind unregelmäßig hinter dem abgeflachten Kugelrumpf angeordnet, wo halt Platz zu finden war zwischen Schotts, Antriebsmodulen oder den Geschützen beispielsweise. Freddy Sharma und John Buzzy würden den Weg zu ihrem Zerstörer auch mit geschlossenen Augen und in finsterer Umgebung finden. Das ist aber dreißig Minuten vor Einsatzbeginn natürlich nicht nötig. Normalen Schrittes gingen sie zu den kurzen Rutschen, über die die Besatzungen direkt von oben in ihre Cockpitsitze gleiten. Was den Leuten oftmals zu langsam geht, weil hier, zu den Außenwänden der Spitfire hin, die schiffseigene Schwerkraft zunehmend abnimmt.

Zack löst die Verankerung des Jagdzerstörers und mit einem kurzen Gravitationsschub gleiten sie ins Universum hinaus. Sogleich vereinigen und arrangieren sie sich mit den anderen elf Zerstörern zu einer ringförmigen Formation, wobei sie ihre Flügelenden mit denen ihrer jeweiligen Nachbarn zusammenkoppeln. Damit bildet die kleine Flotte eine stabile Einheit und ist so in der Lage, die Landungstruppe sicher in ihr Einsatzgebiet zu transportieren.

Die 350 Drohnen haben sich ebenfalls zu einem netzartigen Kugelgebilde zusammengefügt. Wodurch dann auch die oktogonförmige, sprich achtkantige Bauweise der Flugscheiben erklärt ist. Das netzartige, flexible Gebilde umschließt die 18 Frauen und Männer mitsamt den notwendigen Materialien der Invasionseinheit in ihrer Mitte. Die befinden sich in ihren raumtauglichen Kampfanzügen in einer frei verformbaren Metallblase, die zugleich die Base-Unit bilden wird. Von außen betrachtet ist das entstandene Gebilde eine Art offenes Raumschiff wie aus Legosteinen, könnte man sagen.

Der Flug zum Planeten bedarf keines Kommentars, weil ereignislos. Man hielt sich während des Anfluges im Schatten der Rückseite von Uuntschschii und dessen Mond. Kurz vor erreichen des Ziels trennten sich die Jagdzerstörer von der Oberfläche des temporären Raumschiffes ab, um dem im Hafen liegenden Kono-Schiff eine beeindruckende Vorstellung ihrer Wendigkeit und Feuerkraft zu demonstrieren. Die hastig hochgefahrenen Abwehrfelder um den Kreuzer flackerten in einer Art Lichtershow in allen Farben auf. Ein durchaus tödliches, aber eben auch schön anzusehendes Spektakel. Die Leute in und außerhalb ihres Schiffes aber waren einige Minuten lang nur mit sich und dem unerwarteten Auftauchen der Zerstörer beschäftigt.

Gleichzeitig waren auch die Kampfdrohnen über dem Feuersee angekommen und luden die Base-Unit dicht über dem See ab. Wie eine überdimensionale Ente, die gerade ein Ei legt. Wenige Momente später lösten auch die Drohnen ihre Verbindungen zueinander auf, um sich dann auch gleich in alle Himmelsrichtungen zu zerstreuen, vernetzt blieben sie aber allemal, um weiterhin als Schwarm zu agieren. Entsprechend ihrem Konstruktionszweck.

Die Base-Unit sank in den See ein und um dem natürlichen Auftrieb entgegenzuwirken, verankert sich die Flexmetallblase in den Sedimenten des Gewässers, mehr ist es eigentlich nicht. Die Einrichtung einer planetaren Basisstation war in Windeseile erfolgt, wie man so schön sagt.

3

Eine unerwartete Entdeckung

Um Logistikprobleme und den Aufbau ihres Stützpunktes musste sich also die Einsatztruppe keine Gedanken machen. Noch während die selbstständig agierende Basisstation ihre Verankerungen in den Gewässergrund dübelte, stiegen die Soldatinnen und Soldaten bereits durch die Zugangsöffnung an der Unterseite aus. Oben dauerte das Feuerwerk um das feindliche Schiff herum an. Wenn die Kono erst einmal wieder zum Nachdenken kommen, werden sie sich leicht ausrechnen können, dass der ganze Zauber um sie herum im Grunde nichts anderes als ein Ablenkungsmanöver war.

Die Leute verteilten sich in Dreiergruppen in der Umgebung. Denn jetzt musste vordringlich und zuerst einmal das Gelände, die örtlichen Gegebenheiten und die allgemeine Lage erkundet werden. Kommandantin Callahan hatte als Ziel der Mission die Okkupation von wenigstens einem der beiden Kono-Kreuzer ausgegeben. Immerhin ein ziemlich engagiertes Unterfangen. Aber man muss sich ja Ziele setzen, um weiterzukommen.

Die Kono hatten damals das irdische Sonnensystem unterwandert und dann heimtückisch und ohne Vorwarnung angegriffen. Nur unter den allergrößten Anstrengungen war es der irdischen Menschheit gelungen, die Angriffe abzuwehren und die Aggressoren aus dem Sonnensystem wieder zu vertreiben. Da es damals zu keinen Waffenstillstandsverhandlungen gekommen war, befanden sich Menschen und Kono pro forma immer noch im Kriegszustand. Davon ist aktuell auszugehen, und Kommandantin Callahan hatte daher auch so gut wie keinen Spielraum, als hier im Uuntschschii-System den Kampf gegen die Kono wieder aufzunehmen. Auch weil die Kono hier ganz offensichtlich eine Mitgliedsnation des Galaktischen Verbandes mit Terror überziehen.

Nun denn! Die Kono sind jetzt also schon mal vorgewarnt, dass Ärger in der Luft liegt. Die Jagdzerstörer hatten sich nach einem kurzen Schusswechsel von kaum einmal einer Minute Dauer wieder zurückgezogen. Die Schiffsbesatzung, das heißt die automatischen Geschütze reagierten ja ihrerseits sehr schnell mit Abwehrfeuer auf den Schwarm der lästigen Insekten.

In echter Gefahr befanden sich zu diesem Zeitpunkt hauptsächlich die Besatzungsmitglieder, die sich außerhalb ihres Schiffes aufhielten. Für die Leute war es sicher ein ziemlich beängstigendes Gefühl. Die Kono hatten sich mit den ersten Salven der Jagdzerstörer zu Boden geworfen, sich die Ohren zugehalten und mit geschlossenem Mund und Augen die Gesichter in den Dreck gedrückt. Als dann die schweren Schiffsgeschütze des Kreuzers zu röhren begannen, hing das Leben der Leute nur noch von Zufällen ab.

Protonenstrahlen aus Schiffsgeschützen innerhalb einer Atmosphäre abgefeuert, verhalten sich in ihren Auswirkungen wie ein starkes Herbstgewitter zu einem Tischfeuerwerk für Arme. Es lässt sich kaum beschreiben, was die Schusskanäle in der Atmosphäre anrichten und welche Auswirkungen sie auf Lebewesen haben, die sich zufällig in der Nähe aufhalten. Wobei Nähe schon wenige Kilometer Entfernung bedeuten kann.

Als kurz darauf der Spuk auch schon wieder so schnell endete, wie er begonnen hatte, tauchten die Soldaten der Spitfire bereits aus dem See auf. Der Dreierspähtrupp Dr. Julie Müller, Jack Brown (nicht zu verwechseln mit Jackie Brown) und Wess Hunter bewegten sich von Deckung zu Deckung in Richtung des Kono-Kreuzers vorwärts.

»Ich nehme an, dass die Kono dort ihre Vorräte auffüllen und nötige Reparaturen an ihrem Schiff durchführen«, sagte Jack, der das Kommando über den kleinen Stoßtrupp innehatte, zu Dr. Müller.

Dr. Müller ist Soldatin im Rang einer Stabsärztin und hat damit einen höheren Rang als Lt. Brown inne. Trotzdem liegt die Führung der kleinen Einheit bei Jack Brown, weil der ein Vollzeitkrieger mit rein militärischer Ausbildung ist. Für Dr. Julie Müller gilt indes, Mehrfachfunktionen der Besatzungsmitglieder sind nicht die Ausnahme, sondern die Regel. Man kann ja auf einem Fernflug nicht mal eben vom Arbeitsamt neues Personal oder qualifizierte Spezialisten, die gerade nicht verfügbar sind, anfordern. Da sind ganz einfach natürliche Grenzen vor. Dr. Julie Müller hatte sich gegenüber Commander Callahan durchgesetzt, um auch an Einsätzen außerhalb der Spitfire teilnehmen zu dürfen. »Sonst hätte ich ja auch gleich zu Hause bei meinen Kranken bleiben können«, so ihre Begründung.

Geduckt rennen sie von Deckung zu Deckung, wobei es sich gut trifft, dass sich die Kampfanzüge, gerade so als hätte man's von den Chamäleons abgeguckt, den Umgebungsfarben anpassen. Und zwar gänzlich ohne Zutun. Camouflage war gestern! Trotzdem, das muss erwähnt werden, bietet diese Lichtwellenverzerrungstechnik keinen besonderen Schutz im High-Tech-War und dient eher der Psyche des Kriegers.

Hauptsache Jack verliert seinen kleinen Trupp vor lauter Tarnung nicht selber aus den Augen. Man hatte aber frühzeitig schon das Problem erkannt. Die Splittervisiere deuten immerhin die Körperumrisse der eigenen Leute an. Das war dann ja auch eine große Erleichterung für Jack und die anderen, die ja anderes zu tun hatten, als ständig die Kameraden im Blick zu behalten, um sie nicht aus den Augen zu verlieren. Was gibt es Schlimmeres, als gut getarnt in die Schussbahnen der eigenen Leute zu geraten. Und außerdem wäre es auch ziemlich blöde, wenn Frau Doktor ausgerechnet jetzt verloren ginge. Wie sollte man so etwas nur der Callahan erklären?

Die Frau Doktor! Jack blickte zu der schlanken Silhouette der Ärztin hinüber, die offenbar ganz und gar unschuldig und unbewusst die Pose eines heißen Cover-Girls hinter einer Felsenformation eingenommen hatte - und im Bruchteil einer Sekunde hatte sich Jack verliebt. Verdammter Mist, denkt der, ausgerechnet mir passiert das jetzt im unpassendsten Moment. Wess rüttelte Jack an der Schulter.

»Was ist los mit Dir?«

»Hä! Äh … ich habe gerade nachgedacht.«

»Erzähl mir keine Märchen. Du hast der Frau Doktor auf den Hintern geglotzt. Das war doch ganz offensichtlich.«

»Jetzt red keinen Mist, Wess. Wir sollten machen, dass wir hier wegkommen. Wir müssen eine bessere Deckung suchen.«

»Ich weiß schon, was für eine Deckung du suchst.«

»Hör zu, wir haben jetzt keine Zeit zum rumquatschen. Wir arbeiten uns am besten an die großen Hallen auf der rechten Seite des Hafengeländes heran.«

»Okay« meinte Wess. »Frau Doktor! Nach rechts!« Dazu

deutete er die Richtung mit dem ausgestreckten Arm an. »Bleiben Sie lieber hinter uns. Wir sollten keine Risiken eingehen.«

»Was soll denn das für ein Risiko sein, wenn ich in Front bleibe?«

»Sagen wir so, wir würden uns dabei einfach wohler fühlen.«

»Ihr traut mir nichts zu. Stimmt's!«

»Doch, doch! Wir trauen Ihnen schon etwas zu, es ist einfach besser für unser Team, wenn sie hinter uns bleiben. Glauben Sie mir, es ist ganz einfach eine Sache des Blickwinkels. Stimmt's Jack!«

»Ja-ja, stimmt … genau!«

Dr. Müller setzte einen Moment lang ein Gesicht auf, als würde sie beginnen, sich ernsthafte Sorgen um ihre beiden temporären Kameraden zu machen.

»Hm?«, war ihre Antwort.

Bis an die Hallen hatten sie sich ohne Aufsehen zu erregen herangearbeitet. Einen richtig gut in Schuss gehaltenen Augenschein vermittelten die Hallen allerdings nicht. Was ja auch nicht verwunderlich sein kann, wenn man bedenkt, dass der interstellare Raumhafen von Uuntschschii vielleicht nur alle paar Jahrzehnte mal von einem Unionsschiff angeflogen wird. Jedes Mal ein großes Ereignis für die Bevölkerung, bis auf dieses eine Mal eben.

Immer dann, wenn der Wind drehte, wehte er einen unangenehmen Geruch zu dem kleinen Trupp herüber.

»Hier riecht's nach Scheiße.«

»Fäkalien«, verbesserte Dr. Müller. »Außerdem riecht es nach Blut und Verwesung.«

»Sie müssen es ja wissen, Doktor Müller. Sie sind ja quasi vom Fach«, bedankte sich Wess bei der Ärztin.

Zum Glück kann der Mensch in der Existenz seines gelebten Avatars neben dem Zugang von Gerüchen auch den Würgereflex kontrollieren, oder besser gesagt ausschalten. Empathie und Empfindungen allerdings kann der menschliche Avatar nicht unterdrücken. Da bleibt der Avatar, was er ist, menschlich, mit all seinen positiven und negativen Aspekten.

Jack bedeutete den anderen, unten zu bleiben. Jetzt, wo sie sich bereits in der unmittelbaren Nähe der Hallen befanden, konnte man sehen, dass sich, wie erwartet, einige bewaffnete Wachen oder Aufpasser in der Umgebung der Gebäude aufhielten. Aber so ganz bei der Sache schienen die Leute nicht zu sein. Und immer wieder richteten sie ihre Blicke nach oben, dazu fuchtelten sie wie irre ziellos mit ihren Armen herum.

»Sieht so aus, als würden sie der Ankunft des Allmächtigen entgegenfiebern«, sagte Wess in seiner ungeschnörkelten Art.

»Die Leute benehmen sich sonderbar, Frau Doktor«, sagte Jack beim Anblick der Männer unwillkürlich. »Die sind doch nicht ganz bei sich, was meinen Sie?«

»Die Männer zeigen alle Anzeichen eines Traumas. Ich frage mich, was die Ursache dafür gewesen sein könnte?«

Jack blickte zu dem Raumschiff der Kono hinüber. Trotz der relativ großen Entfernung hinter den Hallen, dominierte das Kriegsschiff immer noch alles andere.

»Ich denke, ich kann mir die Antwort darauf ziemlich genau zusammenreimen. Ich kann mir das nur so vorstellen, dass der Zustand der Leute mit den Ablenkungsmanövern unserer Jagd-Zerstörer zusammenhängt.« Jack fasste sich grübelnd ans Kinn. »So wird's wohl gewesen sein. Man kann sich das nur schwer vorstellen. Da sitzen die Männer entspannt und zufrieden auf ihren Hintern, und plötzlich sind da ohne jede Vorwarnung ein Dutzend Jagd-Zerstörer, die im Seitwärtsflug ihr Schiff, also praktisch ihre Heimat, umrunden und mit allem, was sie haben, und aus allen Richtungen zugleich auf die Abwehrschirme des Kreuzers feuern. Und die Besatzung schießt natürlich zurück.«

Man konnte es ihr regelrecht ansehen, wie sich Dr. Müller eine Vorstellung davon zu machen suchte, was vor Kurzem hier geschehen war. Deshalb fuhr Jack fort:

»Für die Leute am Boden, unterhalb des Gefechts, muss sich eine regelrechte Hölle aufgetan haben. Wenn ich so darüber nachdenke, Doktor, glaube ich, dass wir alle, also wir und die Kono, haarscharf an unserem Exitus vorbeigeschrammt sind. Dass wir alle großes Glück hatten.«

»Wieso glauben Sie das?«

»Ich sage ihnen was Doktor.«

»Sagen sie nicht immer Doktor zu mir.«

»Doktor also nicht… gut, ja also… Die Schiffsbesatzung musste wohl den größten Anteil der verfügbaren Energien auf die Schutzschirme leiten, um die massiven Angriffe abzuwehren. Hätten nur zwei oder drei Zerstörer das Schiff angegriffen, hätten partielle Abwehrschirmsegmente für eine wirksame Defensive völlig ausgereicht. Die Besatzung hätte unter diesen Voraussetzungen dann möglicherweise überreagiert und mit der vollen Leistungsenergie ihrer Geschütze auf die Angriffe geantwortet. Auch mit allen Konsequenzen für die umgebende Atmosphäre und aller Lebewesen im weiten Umkreis.«

»Was heißt das?«

»Mit dem Einsatz von schweren Schiffsgeschützen innerhalb der Atmosphäre hätte sich die umgebende Luft in Verbindung mit allen brennbaren Materialien entzündet und einen Flächenbrand größeren Ausmaßes ausgelöst. Oder, was noch wahrscheinlicher ist, die Atmosphäre im weiten Umkreis wäre einfach verdampft. Dazu kämen dann noch die gewaltigen Druck-, Schall- und Hitzewellen. Trommelfälle und Augen könnten dabei einfach zerplatzen, wahrscheinlich würde dabei auch die Lunge geschädigt.«

»Auch die ihrer eigenen Leute!«

»Auch die ihrer eigenen Leute. Genau Doktor, äh Frau Müller.«

»Julie! Sagen sie doch einfach Julie zu mir.«

»Ich werde versuchen daran zu denken, Frau äh … Julie!«

»Na, das ging ja schon mal ganz gut, Jack!«

Jack war sich in dem Moment nicht ganz klar darüber, ob er sich darüber freuen sollte, die Julie nun Julie nennen zu dürfen. Was wird sein, wenn sie wieder an Bord sein werden und er Meldung machen muss? Commander Callahan! Julie und ich … oder was wird Wess sagen? ‚Na Alter, ich habe es dir doch angesehen. Du bist scharf auf unsere Frau Doktor.‘ Mensch-Mensch, das kann ja was werden.

Na jedenfalls ließen wohl gut funktionierende weibliche Instinkte Julie Müller spüren, wie sich Jacks Blicke auf ihrem Hintern regelrecht eingebrannt hatten. Der siebente weibliche Sinn, oder so etwas in der Art.

»Hey Jack, was ist los mit dir? Guck mal da hinüber«, flüsterte Wess in Jacks Gedanken hinein.

»Hä?!«

»Sieh dir das mal an«, dabei deutete Wess mit dem Daumen über seine Schulter auf die Frontseite der Hafenhallen. Das große Hallentor stand einladend offen und sie konnten daher ungehindert in das Innere hineinsehen. »Na, wie sieht das aus?«

Jack blickte tatsächlich sehr verwundert auf das, was sich da seinen Blicken bot.

»Sieht irgendwie aus wie eine Großschlachterei.«

»Du bist ein richtiger Schlaumerker. Das ist eine Schlachterei.«

»Ja, aber?«

»Nix aber. Sieh doch mal genau hin. Die Typen verarbeiten die Bevölkerung zu Schnitzel und Koteletts.«

»Das ist ja ein Ding! Die verwursten Mitglieder der Galaktischen Union. Ist ja unerhört!«

»Auch ohne deinen Sarkasmus bedeutet das Krieg!«

»Ich dachte, laut Callahan befänden wir uns immer noch im Kriegszustand mit denen da.«

»Befinden wir uns auch, aber nun haben »die da« uns einen neuen, weiteren Grund geliefert. Du musst das hier melden.«

»Ist aber schwierig jetzt einen Funkkontakt herzustellen. Da hätten sie uns ja sofort geortet und am Arsch!«

»Na, dann schick doch eine der Drohnen um den halben Planeten oder besser gleich zu einem Parabelflug in die obere Atmosphäre. Es genügt ja völlig, wenn die Drohne einen gerafften Spruch in Form eines Kurzimpulses absendet. Und gleichzeitig legst du damit eine falsche Fährte. Schlau, was?!«

»Das wird vorläufig ohnehin die einzige Möglichkeit sein, mit der Spitfire in Kontakt zu treten. Ich bereite schon mal den Spruch vor. Diese Typen, wie du sie nennst, haben wirklich vor nichts Respekt.«

»Wundert dich das? Im Grunde sind das auch Menschen. Da muss man immer mit allem rechnen. Das dürfte dir doch nicht neu sein?«

Im Inneren sah es aus, wie es in einer Lagerhalle eben aussieht. Zugestaubte Berge von Kisten und allem möglichen Gerümpel, Maschinenteile, vor Zeiten einmal enorm wichtig, dann aber plötzlich überflüssig, vergessen und nie abgeholt. War wie so vieles dann irgendwann doch nicht so lebensnotwendig wie gedacht.

Die Kono hatten augenscheinlich mit Bulldozern ein großes Areal frei geschoben und auf der so gewonnenen Fläche ihre Großmetzgerei eingerichtet. Mengen von halbverarbeiteten Okras hingen und lagen herum. Da wurden wohl die Metzger von den urplötzlich einsetzenden Kampfhandlungen ebenso überraschend bei ihrer »Arbeit« gestört, wie das vor sich hindösende Wachpersonal. Die Halle aber schien verlassen zu sein, kein Kono war weit und breit zu sehen. Die Leute hatten offenbar alles fallen lassen und fluchtartig das Gebäude verlassen.

Mit einem Blick zu den ausgeweideten Okras hin entfuhr Wess nur ein: »Ouh, krass!«

Und Jack fühlte sich bei diesem Anblick von geschlachteten, intelligenten Wesen nicht nur unwohl. In der Form seiner menschlichen Existenz wäre ihm jetzt wohl der Magen hochkommen. Dr. Müller sah sich das Gemetzel dagegen vom professionellen Standpunkt aus an und sah sich die offen daliegenden Körper sehr genau an.

Die Okra sind von humanoider Statur, doch damit hört die Ähnlichkeit mit dem Menschen auch schon auf. Man sah es auch ohne den professionellen Blick der Frau Doktor, dass diese Wesen einerseits an Land, aber auch im Wasser zu Hause waren. Die glitschig erscheinende Hautoberfläche fühlt sich jedoch trocken und samten an. Glubschaugen, verschließbare Nüstern und augenscheinlich funktionsfähige

Kiemen sind offensichtlich ein echtes Plus für ein Leben an Land und im Wasser.

»Nur fliegen, das können sie nicht«, merkte Wess trocken und lapidar an.

Die Hautarchitektur zwingt die Okra dann auch immer wieder zurück in ihr erstes Element, um sich schlicht und ergreifend vor dem Austrocknen zu bewahren. Die Körperoberfläche wechselt dann von einem unansehnlichen gelbgrün und verschrumpelt nach schön, bläulich, glatt und teilweise durchscheinend. Gut durchfeuchtet lassen sich dann auch, je nach Lichteinfall, die inneren Organe während ihren pulsierenden Verrichtungen ganz gut betrachten. Für einen Okra ein wichtiger Hinweis auf den gesundheitlichen Gesamtzustand eines Gegenübers und nicht ganz unwichtig für die Partnerwahl.

Wess hatte Oberst Scarpetta über die Short-Distanz-Sprechverbindung informiert, auf was für eine Schweinerei man hier gestoßen war. Der hatte daraufhin eine weitere Einsatzgruppe zur Verstärkung von Jack, Wess und Dr. Müller geschickt.

»Vor allem muss jetzt das, was ihr dort vorgefunden habt, ausreichend dokumentiert werden.« Und man solle doch etwaigen Überlebenden zu Hilfe kommen. Mehr könne man im Augenblick ohnehin nicht tun. »Ende!«

Klick!

Die restlichen Leute bewegten sich unter der Führung Scarpettas auf das alles überragende fremde Raumschiff zu. Zwölf Mann, die vorhaben, das Schiff zu okkupieren, so der Gedanke und die Theorie, na ja! Im Grunde ist das Vorhaben kaum zu bewerkstelligen, wie jeder weiß. Vermutlich muss man über einen gewissen Grad an Verrücktheit verfügen, um so ein Unterfangen überhaupt in Erwägung zu ziehen.

Die Neuankömmlinge wurden von Jack über die Abscheulichkeiten innerhalb dieses Gebäudes auch sogleich ins Bild gesetzt, während Wess und Dr. Müller die weiteren Bereiche in Augenschein nahmen. Was im Durcheinander der zusammengeschobenen Kisten und Maschinenteilen gar nicht so einfach und ungefährlich war. Das übereinander geschobene Zeugs ist mehrheitlich eher instabil. An der gegenüberliegenden Hallenwand angekommen, stellten sie fest, dass sich direkt dahinter die nächste Halle anschloss, getrennt durch eine gewöhnliche Verbindungstür, die sie allerdings verschlossen vorfanden. Wahrscheinlich diente der Durchgang dazu, dem Verwaltungspersonal unnötige Wege außen herum zu ersparen. Wess wäre nicht Wess, wenn er nicht sofort checken wollte, was sich dahinter befand.

Er stellte seinen Protonenhandstrahler auf eine minimale Leistungsabgabe ein und schweißte damit das Schloss geschickt aus seiner Halterung heraus. Das Gerät ist ja nicht nur als Waffe zu gebrauchen, sondern ist auch ein recht brauchbares Werkzeug. Das nur so nebenbei!

Wess und Doktor Müller hatten trotz der Dunkelheit, die nur durch den schwachen Lichtschein, der durch die aufgebrochene Tür fällt, etwas erhellt wurde, eine relativ gute Sicht auf ihre Umgebung. In ihrer Lebensform als Avatare haben die beiden ohnehin erweiterte visuelle Fähigkeiten. Da man die Helmvisiere ihrer Kampf- und Schutzanzüge jedoch für gewöhnliche Menschen konzipiert und nur mit automatischen holografischen Sichtanpassungssystemen aufgewertet hatte, ist das fast ein wenig zu viel des Guten.

Was sich ihnen nun aber offenbarte, sind zwei Dutzend Okras, gefesselt und an der Wand zur linken Seite an einer Art Gitter angebunden. Den Okras steht das schiere Entsetzen in ihre Gesichter gemeißelt, soweit man das von der menschlichen Warte aus beurteilen kann. Sie jammern kläglich im Chor und rechnen jetzt wohl damit, dass sie als die nächsten Opfer nun an der Reihe sein werden, um geschlachtet zu werden.

Da die Sprache der Okra im System gespeichert ist, beginnt Doktor Müller sogleich damit, beruhigend auf die völlig verängstigenden Wesen einzureden. Wess ist da schon damit beschäftigt, den traumatisierten Okras die Fesseln schonend zu entfernen. Die trauen aber weder ihm noch der Frau Dr. Müller. Irgendwie verständlich. In den Augen der Okra sehen die beiden den schrecklichen Konokriegern viel zu ähnlich, als dass man ihnen vorbehaltlos trauen könnte. Es kostete Dr. Müller einiges an Mühe und Überredungskunst, die Befreiten am sofortigen Wegrennen, will sagen am sofortigen Wegwatscheln zu hindern und vorläufig noch zum Abwarten zu überreden. Sie will die Gruppe möglichst geschlossen zu dem etwas entfernt liegenden Feuersee eskortieren, um bis dahin den Schutz dieser Wesen sicherzustellen. Also wenigstens so lange noch, bis auch der letzte Okra in sein sicheres Element weggetaucht sein wird. Inzwischen war auch Jack mit der Verstärkung eingetroffen, was fast augenblicklich erneute Fluchtimpulse unter den zitternden Okra ausgelöst hatte.

»Wir müssen die Leute bis zu dem Feuersee hin eskortieren«, ruft Dr. Müller den Männern zu.

»Okay!«, ruft die ganze Truppe zur Bestätigung.

Die Karawane setzte sich in Bewegung und die Soldaten mussten die Okra immer wieder mehr oder weniger nachdrücklich daran hindern, einfach panisch drauflos zu rennen oder zu watscheln, um genau zu sein. Letztlich gelang es ihnen dann doch, die halb ausgetrocknete Meute in ihr erstes Element zu entlassen und traten dann unverzüglich den Rückweg zurück zu den Hallen an.

Schon von Weitem war zu erkennen, dass die Kono zurückgekehrt und offenbar damit beschäftigt waren, ihre Zelte hier schnellsten abzubrechen.

»Die packen! Ich denke, die wollen so schnell wie nur möglich von hier abhauen.«

»Sehe ich auch so, Wess. Die können sich erst dann wieder sicher sein, wenn sie mit ihrem Raumschiff im Weltraum ihre volle Bewegungsfreiheit wiedererlangt haben«, antwortete Jack. »Dass sie aber immer noch nicht gestartet sind, lässt mich vermuten, dass die sich einerseits bisher hier sicher und überlegen gefühlt haben und dass an ihrem Kreuzer noch Instandsetzungsarbeiten durchgeführt werden. Die Ente, die sie Kampfschiff nennen, ist flügellahm.«

»Also Ente, so … na ja, ich weiß nicht? Jedenfalls will Scarpetta mit seine Truppe in den mittelschweren Kono-Kreuzer eindringen. Eine ziemlich riskante Sache, Jack. Wir wissen nur wenig über die innere Beschaffenheit des Schiffes!«

»Das stimmt schon, was du sagst. Aber bestimmte Techniken sind in der Regel doch irgendwie vergleichbar angeordnet. Ist aber trotzdem ziemlich irre, was sich Scarpetta und seine Leute da vorgenommen haben.« Jack sah sich unter seinen Leuten, nach Worten suchend, um, sagte dann aber ganz schlicht: »Wir werden ebenfalls reingehen Leute, irgendwelche Einwände?«

Das große Schweigen war die klare Antwort auf die Frage, ob sie heute lieber sterben oder tot sein wollen.

»Tja, dann beeilen wir uns mal. Ich habe da so eine Idee.«

Man hatte sich also fürs Todsein entschieden. »Schön. Dann kann's ja losgehen.«

Wieder bei den Lagerhallen angekommen, war eines nicht zu übersehen: Es herrschte eine nervöse Anspannung unter den hastig arbeitenden Kono. Die waren dabei, all ihre Sachen, also die Fleischverarbeitungsmaschinen und die ausgenommenen Okrahälften eilig in bereitstehende Transportfahrzeuge und Kühlwagen einzuladen. Offenbar rechneten sie nicht mit einem Angriff von Bodentruppen. Ihre Blicke gingen immer wieder zu dem leicht gelblich schimmernden Himmel Uuntschschiis hinauf. Es scheint gerade so, als dass sie dem Frieden nicht trauten und nichts mehr fürchteten als eine Rückkehr der Jagd-Zerstörerflotte.

Unter normalen Umständen ist eine Staffel Zerstörer für den mittelschweren Kono-Kreuzer kein Problem, das nicht beherrschbar wäre, wenn er in seinem Element, im freien Raum zwischen den Planeten seine Potenziale entfalten kann. Aber noch befindet sich das Kampfschiff am Boden. Es wird zwar mit Hochdruck daran gearbeitet, die Triebwerkskomponenten wieder einzubauen. Und solange das noch andauert, kann niemand sagen, ob die kleinen flinken Raumjäger am Ende nicht doch dem großen Kreuzer Beschädigungen beibringen oder ihn gar vernichten könnten. Mit geschlossenen Transportfahrzeugen beförderten die Leute ihre Maschinen und das halbverarbeitete Fleisch in einer Art hektischen Pendelverkehr zum Schiff.

»Urs Bettamy! Du, Hong Fu und Stan Mittelfeld, ihr werdet einen der LKWs kapern. Ich und meine Leute schnappen uns einen anderen Lastwagen. Okay?« Keine Gegenrede. »Gut Leute. Schleicht euch also vorsichtig an und geht keine unnötigen Risiken ein.«

»Also nur nötige Risiken, Boss?«, will Bettamy von Jack nochmals zur Bekräftigung hören.

Jack sieht Bettamy einen Augenblick lang etwas irritiert an.

»Genau, Urs! So machst du's.« Dann wandte er sich wieder den Leuten zu. »Also, wie Urs soeben angestoßen hat, müssen wir von nun an getrennt improvisieren. So wie ich die Lage betrachte, rechnen die Kono nicht mit einer Bodenoffensive, und mit uns schon gar nicht. Das soll uns aber nicht dazu verleiten, übermütig zu werden. Ich werde eine der Drohnen zu Oberst Scarpetta schicken. Wenn alles passt, werden wir Scarpettas Leute unterwegs mit einsammeln können. Die Drohnen bewegen sich ebenfalls auf das Schiff zu und werden uns möglichst komplett ins Innere folgen. Alles hängt von nun an davon ab, dass wie nicht durch einen dummen Zufall vom Schiff aus zu frühzeitig gesichtet oder geortet werden. Wenn wir in der Schleuse angekommen sind, ist es wichtig, diese unbedingt offenzuhalten, damit uns die Drohnen ungehindert folgen können. Nochmals. Das ist von äußerster Wichtigkeit! Notfalls müssen die Klappenmechanismen funktionsuntauglich geschossen werden. Also keine Angst davor, Blech zu verbiegen. Alles verstanden?«, beendete Jack seine für ihn untypisch lange Rede.

Und Dr. Müller sieht Jack plötzlich mit ganz anderen Augen an, als sie es bisher getan hatte.

Bisher hatten ihnen die Verwerfungen des Geländes genügend Deckung geboten, doch die Areale um die Hallen herum waren eingeebnet und teilweise asphaltiert. Ebenso die Verbindungsstraßen zu den Start- und Landeplätzen hin. Jack und die Leute hatten nun keine andere Wahl, als einen geeigneten Zeitpunkt abzuwarten, um ungesehen an die LKWs heranzukommen. Dann dauerte es nur noch eine kleine gefühlte Ewigkeit, bis sich nur noch zwei Fahrer auf den abgewandten Seiten ihrer Lastfahrzeuge aufhielten.

»Los jetzt!«

Den Männern wurden die Strahlenwaffen unter die Nasen gehalten, dann bat man sie freundlich, den Fahrbetrieb schleunigst wieder aufzunehmen. Wenigsten so lange, bis Jacks Leute die Geheimnisse der Kono-LKW-Technik verinnerlicht hatten.

Es gibt kaum etwas Beängstigenderes, als deckungslos in diesen lächerlichen Fahrzeugen auf das riesige Kriegsschiff zuzusteuern. Schon kurz hinter den Hallenkomplexen hatte man Scarpetta und seine Leute aufgenommen. Niemand sprach auch nur ein Wort. So muss man sich wohl eine stille Übereinkunft vorstellen. Und als dann das Konoschiff den gesamten Sichtbereich einnahm und den Himmel verdeckte, war nur noch das leise Summen des LKW-Antriebs zu hören … und das eine oder andere trockene Schlucken. Von den Leuten ist sich wohl noch niemand jemals so hilflos und bedroht vorgekommen wie in diesen Augenblicken, in der idealen Abschussposition. So in etwa musste sich wohl auch ein Hirsch fühlen, wenn er zur besten Jagdzeit in eine Lichtung tritt.

Während der Fahrt konnte man beobachten, wie sich Teile der Landschaft zu bewegen schienen. Wenn man nicht direkt darauf achtete, würden einem diese Bewegungen kaum auffallen. Der eine oder andere würde sich vielleicht die Augen reiben. Jack rieb sich nicht die Augen, er wusste, dass da neben ihnen ihre Lebensversicherung auf das Schiff zustrebte. Die Drohnen, in allen Elementen gleichermaßen zu Hause, handeln intelligent und sind lernfähig. Man gibt das Ziel vor und kann sich darauf verlassen, dass die Maschinen die Truppe in jeder Beziehung unterstützen werden.

Wess und Bettamy hatten inzwischen die Steuerungen

der Fahrzeuge übernommen. Die Dinger fuhren sich ja fast wie von selbst. Außerdem wollte man mit den Fahrerwechseln verhindern, dass den verhafteten Fahrern am Ende nicht doch noch irgendwelche selbstmörderische Ideen einfallen würden.

Etwas ganz anderes dagegen war es dann und nicht nur für die Fahrer, sich selbst zu überwinden und über die Rampe ohne zu zögern in den Laderaum des Schiffes einzufahren. Wess und Bettamy steuerten ihre Trucks, so weit wie nur möglich, in den hinteren Bereich hinein und stellten die Fahrzeuge in einem Sektor, in dem verminderte Aktivitäten herrschten, ab. Die Männer und die Frau Doktor verließen geradezu fluchtartig die Ladekabinen und verteilten sich geduckt zwischen Containern und abgestellten Fahrzeugen. Aus seinen Augenwinkeln heraus nahm Jack wahr, wie ein nicht abreißender Strom Drohnen durch die Luken einflogen und wie die ersten sogleich damit begannen, die Ladeluken zu sichern. Die folgenden flogen unbeeindruckt darüber hinweg an der verblüfften Schiffsmannschaft vorbei und verteilten sich strategisch im Inneren des Schiffes.

Es ist eine Art Schwarmintelligenz, nach der die Maschinen vorgehen und von der sie geleitet werden. Vier Drohnen wurden von Oberst Scarpetta zur Gefangenenbewachung abgestellt. Die beiden Fahrer und den paar völlig überraschten Leuten, die hier im Laderaum ihre Arbeiten erledigt hatten. Diese Sorge war man damit erst einmal los. Dann dauerte es eine Ewigkeit, bis die Alarmsirenen im Schiff mit ohrenbetäubendem Lärm losheulten. In Wirklichkeit waren aber nur wenige Sekunden vergangen. Die Führungsoffiziere wussten nun, dass sich ihre Gegner im Inneren ihres Schiffes befanden, und begannen Gegenmaßnahmen zu ergreifen.

Die Dreiergruppen verteilten sich und folgten den Drohnenströmen, die ohne viel Zeit zu verlieren damit begonnen hatten, in die inneren Bereiche des fremden Schiffes vorzudringen.

Die Vernetzung der einzelnen Kampftrupps, vor allem aber die Vernetzung mit den Drohnen brachten von nun an Schlag auf Schlag ständig neue Informationen über die innere Beschaffenheit des Schiffes. Das heißt, die elektronischen Speicher der biologisch-kybernetischen menschlichen Avatare wurden mit den überaus wichtigen Informationen der Drohnen regelrecht gefüttert. Informationen, die dann auch allen anderen Kampfteilnehmern augenblicklich zur Verfügung standen. Man brauchte weder Karten noch einen Plan, die Informationen lagen im Gedächtnis vor, ganz so, als hätte man die Erfahrungen zu irgendeinem Zeitpunkt einmal selber gemacht. Im Grunde ist das alles fast schon zu einfach.

10

Aber nur fast

Fünfunddreißig Sekunden nach ihrem Einchecken blitzten die ersten Strahlenschüsse zwischen Konos und einigen Drohnen über ihre Köpfe hinweg. Alles noch ganz harmlos, nur das eine oder das andere kleine Scharmützel. Man schießt zurück, wie es sich eben so gehört.

Achtunddreißig Sekunden nachdem Wess und Bettamy die Ladeluken mit ihren Trucks passiert hatten, also gerade mal drei Sekunden später, sind Teile der Besatzung der Spitfire in die größte Schießerei seit dreiundachtzig Jahren Schiffszeit verwickelt. Die Lage ist von jetzt auf nun urplötzlich brisant geworden. Das Schiff, mit allem was darinnen ist, wehrt sich gegen die Eindringlinge, was ja auch nicht anders zu erwarten war.

Geduckt rennen Jack, die Frau Doktor und Wess, der die Gruppe, weil als Letzter, nach hinten sichert, hinter einem Pulk Drohnen in einen der abgehenden Gänge hinein. Im Augenblick ist nicht so richtig ersichtlich, wer auf was oder wen schießt. Da heißt es erst einmal Deckungen zu suchen und schnell in die Tiefen des Schiffes vorzudringen.

Die Gruppe hastet an Lagerräumen, Werkstätten, Hangars und Aufenthaltsräumen vorbei. Routinemäßig werfen sie kurze Blicke in die Räume hinein, aber hier unten treffen sie auf praktisch keinen Widerstand. Die Mannschaften befinden sich irgendwo, hier jedenfalls nicht. Der Gang, dem sie folgten, folgt seinerseits offenbar der runden Form des

Schiffskörpers und verläuft leicht ansteigend. Es dürfte sich also um den alles verbindenden Hauptverbindungsgang oder den Notkorridor handeln. Der verläuft im Schiff spiralförmig nach oben oder nach unten, je nachdem, was für ein Ziel man hat. Jack will nach oben, auf die Kommandoebene. Wer will das nicht?!

Aber immer im Kreis rennen, das verbraucht zu viel Energie und Zeit, bis man oben angelangt ist. In regelmäßigen Abständen sind Gravitationslifte vorhanden, Schnellverbindungen zwischen den einzelnen Decks. So einen Lift zu benutzen birgt natürlich Risiken. Denn dann ist man den Kräften unter Umständen hilflos ausgeliefert und man weiß auch nicht, was einen auf der nächsten Ebene erwartet.

»Wir fahren mit dem Lift nach oben«, ruft Jack seinen Leuten zu.

Dazu beordert er einige Drohnen, die ja über eigene Gravitationsfeldmaschinen verfügen, vor und hinter ihnen in den Lift zu gehen. Die Drohnen haben den Vorteil, quasi als Nebeneffekt ihres Flugsystems, kleinste Gravitationsschwankungen zu erkennen und darauf zu reagieren. Jack hofft, mit den Drohnen über eine Art von Bremsfallschirmen, nach unten, aber auch nach oben, zu verfügen. Wer möchte schon aufwärtsfahrend unverhofft beschleunigt werden, um dann gegen die Decke der nächst Höheren Ebene geklatscht zu werden. Ich kenne da niemanden!

Der Lift spuckte über ihnen die ersten Drohnen aus, die sofort auf irgendetwas zu schießen begannen. So geriet der klein Trupp geradewegs von einer Schießerei direkt in die nächste. Zum Glück für Bettamy und seine Leute. Die waren von Konos umstellt und kaum noch in der Lage, sich zu wehren. Doch nun wendete sich das Blatt wieder, nun befanden sich die Kono plötzlich im Kreuzfeuer. Es gab Tote und zwei weitere Gefangene und auch Stan Mittelfeld war tödlich getroffen worden.

Ihrer Programmierung zufolge stellte eine der Drohnen den Tod des Mannes fest. Dann öffnete sie den biokybernetischen Körper des Gefallenen, um die Gen-Kapsel zu entnehmen und zu sichern. Stan Mittelfeld war gefallen, aber auch wieder nicht. Wenn es gelingt seine Gen-Kapsel unversehrt zur Spitfire zurückzubringen, kann nach dem Ende der Mission Stan Mittelfelds Körper genetisch identisch reproduziert werden. Die Erinnerungen seines Lebens, was ja den Menschen ausmacht, und sonst nichts, wird ihm dann zurückgegeben werden. Im Spiegel wird Stan dann auch wieder sein vertrautes Antlitz betrachten können. Für ihn ist der Krieg aber erst einmal vorbei, für alle anderen geht er jedoch unvermindert weiter. Nur Drohne #188 hat ab sofort nur noch eine einzige Aufgabe, die Gen-Kapsel sicher zu verwahren, zurückzubringen und sich weiterhin aus allen Kampfhandlungen möglichst herauszuhalten.

In der Kommandokuppel im oberen Teil des Kono-Kreuzers herrscht für einige Sekunden das totale Chaos. Hatte man gerade noch mit einem erneuten Angriff fremder Kriegsschiffe gerechnet, so platzte die Nachricht von den Angriffen im Inneren des eigenen Schiffes wie eine Bombe unter den Führungsoffizieren.

Hand Samar, Kommandant des Kreuzers Yarb Solak war für Sekunden völlig überrumpelt von der neuen Situation. Unter diesem Eindruck bellte er eine ununterbrochene Reihe von Befehlen in die Kommunikationskanäle. Sinnige, aber auch unsinnige wie zum Beispiel das Abbeordern der Kanoniere aus ihren Geschützständen, um sich an den internen Kämpfen zu beteiligen. Sekunden später widerrief er diesen Befehl, als es Hand Samar dämmerte, dass das Schiff dann ja fast schutzlos gegen erneute Angriffe von außen stehen würde.

Die Situation beider Kontrahenten war in diesem ersten Aufeinanderprallen prekär und brisant. Alles stand auf der Kippe. Hand Samar widerrief erneut und schickte nun doch einen Teil seiner Kanoniere in die Kämpfe um das Schiff. Die Angreifer von der Erde. Die sind schon a' bisserl nachtragend, die Menschen! Also die Angreifer von der Erde werden wohl kaum einen erneuten, vernichtenden Angriff auf sein Schiff starten, solange sich ihre eigenen Leute im Inneren der Yarb Solak befanden. Er schickte alle abkömmlichen Offiziere zu den kämpfenden Mannschaften hinaus und lies die Kommandokuppel hermetisch abriegeln. Die Kommandozentrale als letzte Bastion, um die Verteidigung des Schiffes zu leiten und zu steuern, hatte für ihn absoluten Vorrang.

Kommandantin Josy Callahan ist wegen den aktuellen Entwicklungen nun ebenfalls gezwungen zu reagieren, um die Einsatztruppe zu schützen und gegebenenfalls aktiv zu unterstützen. Was anfangs nicht mehr als eine vage Option war, ist nun eingetreten. Oberst Scarpetta und seine Leute hatten das Kriegsschiff in einem Handstreich geentert und befinden sich seither in Kämpfe mit der Besatzung des Kreuzers verwickelt. Callahan konnte sich noch kein umfassendes Bild von den Geschehnissen innerhalb des leichten Kono-Kreuzers machen. Es war also an der Zeit den Ortungsschatten des sechsten Planeten Aanssin, eines typischen sonnenfernen Gasriesen, aufzugeben. Die Spitfire machte sich fit, um den zweiten, größeren Kono-Kreuzer in Schach zu halten und den Kommandanten davon abzuhalten, abenteuerliche

Gedanken zu entwickeln. Zu diesem Zeitpunkt wusste Callahan noch nicht, dass es sich bei ihrem Gegner ausgerechnet um Admiral Aran Ros handelte.

Aus dem zurückgelassenen Raumschiffschrott der Invasionsflotte im Sonnensystem hatte man damals einen Großteil des Wissens über die Kono herausgefunden. Und diese Informationen lagen natürlich auch in den Kristall-Speichern der Spitfire vor. Man ging also nicht ganz unvorbereitet in diese Auseinandersetzung. Zumal Aran Ros es war, der damals noch vor dem Krieg um das irdische Sonnensystem mit einigen seiner Leuten maßgebliche Behörden und Instanzen infiltriert hatte. Callahan hatte es, ohne zu ahnen, mit einem äußerst gewitzten Gegner zu tun. Vielleicht hätte sie dann nicht so offen die Deckung verlassen. Trotzdem, ihr blieb in dieser Situation kaum eine andere Wahl, als Präsenz zu zeigen, geht es doch um ihre Männer und eine Frau vor Ort auf Uuntschschii.

Fast augenblicklich wurde die Spitfire von den Ortungssystemen auf Ros' Flaggschiff erfasst und klassifiziert. Ein Mittelschwerer irdischer Kreuzer. Kein besonders schwerer Gegner für sein Flaggschiff, falls es zu einer direkten Konfrontation zwischen den Kriegsschiffen kommen sollte. Da wird es sich dann zeigen, ob Callahan Ros die Stirn bieten kann. Im Moment war aber im freien Raum zwischen den Planeten noch so ziemlich alles offen.

Wie zum Beispiel während den mittelalterlichen Feldzügen großer Heerscharen; bewegte sich ein Heer, so bewegte sich parallel auch das andere. Die Abstände zueinander änderten sich dabei oft kaum. Das konnte Wochen oder Monate so andauern, ohne dass es zu einer direkten Konfrontation kam, oder am Ende dem einen oder dem anderen Heerführer die Nerven durchgingen. Natürlich kam es auch dann schon mal zur großen Schlacht, wenn die Zeit drängte, entweder, weil die Felder und Dörfer der Umgebung leer gefressen waren, oder der Winter vor der Tür stand. Man wollte ja Weihnachten wieder zu Hause sein, als ordentlicher Christenmensch. Also losschlagen oder abmarschieren, entweder so oder so. Weil aber das Abmarschieren mit den Hunger leidenden, rebellierenden Leuten nie sehr ehrenhaft war, wurde oft losgeschlagen. Da musste man sich an Ende auch nicht mehr ganz so viele Gedanken um die Verpflegung der überlebenden Truppen machen.[3]

Okay! Heutzutage wird das alles etwas anders gehandhabt. Man ist ganz einfach beweglicher, schneller und die Waffen reichen weiter. Darum sind urplötzlich auch alle Sinne auf beiden Raumschiffen äußerst geschärft.

Callahan gibt Anweisung, die Raketenlafetten in Bereitschaft zu versetzen. Die mit Abstand stärksten Waffen im Arsenal, die werden nicht selten als das letzte Mittel eingesetzt. Ganz einfach, weil die Dinger und die eingesetzten Materialien nicht ganz billig und nur schwer zu beschaffen sind. Eine ultimative Waffe, die aber nicht automatisch immer Wirkung zeigt. Aus dem einfachen Grund, weil es sich um Hardware handelt, die oft genug vor dem Erreichen des Zieles abgeschossen werden kann. Erreicht aber nur eines der Armgroßen atomaren Geschosse sein Ziel, bedeutet das mit ziemlicher Sicherheit das Ende des Gegners.

Das Geschoss besitzt eine Hypermagnetfeldspitze aus purer Energie, die mit einer Kettenreihe schwerer Atome voraus wie mit einer Lanze in die atomare Struktur des gegnerischen Schiffskörpers eindringt, diese aufspaltet und letztlich innerhalb der zwischenatomaren Strukturen durchschlägt.

Der Raketenkörper flutscht einfach so durch das angerichtete Desaster innerhalb der atomaren Struktur hindurch. Die Eintauchstelle wird zu einem zusammenhanglosen, blau wabernden, flüchtigen Loch in der Schiffswand. Und die explosionsartig entweichende Atmosphäre aus dem Schiffsinneren nimmt die sich auflösenden, atomaren Strukturen besten Ho Cifa Ho Stahls einfach mit hinaus in die Unendlichkeit. Was aber keinerlei Bedeutung mehr hat. Die Atomrakete explodiert und für kurze Zeit würde so etwas wie eine zweite Sonne im Planetensystem Uuntschschiis entstehen.

So eine atomare Explosion in Verbindung mit der Freisetzung der enormen energetischen Zerfallsprozesse der schiffseigenen Waffen und Energiesysteme löst das Raumschiff vollständig in einem einzigen lautlosen Kugelblitz von unvorstellbarer Größe aus. Die Sonne würde für wenige Augenblicke hell überstrahlt werden.

Da kann die Entscheidung, die Waffe einzusetzen, für Callahan zur Gewissensfrage werden. Zu nahe am Planeten gezündet, könnten möglicherweise so ziemlich alle Lebewesen und Okra, auf der zugewandten Halbkugel erblinden. Im Moment haben aber Callahan, Ros und Hand Samar näherliegende Probleme.

Die Dreiergruppen Scarpettas und die Drohnen kämpfen sich von Raum zu Raum über die einzelnen Schiffsebenen nach oben. Die Gruppe unter Lt. Bettamy ist am weitesten vorangekommen und steht schon unterhalb der Kommandoebene, sieht sich aber einem verzweifelten Abwehrfeuer ausgesetzt. Scarpetta weist Jack Brown an, Bettamy zu Hilfe zu kommen:

»Sorgen Sie dafür, dass es da vorne zu keinem Desaster kommt, Jack. Wir können uns keine Verluste leisten, das wäre unser aller Ende.«

Was man sowieso keinem der Leute langatmig erklären musste und allen hinlänglich bewusst war. Und dass sie ohne die Drohnenarmee ohnehin so gut wie keine Chance hätten, in dem fremden Umfeld voranzukommen, wusste auch jeder. Die Daten, die wie ein ununterbrochener Informationsfluss allen Beteiligten zuflossen, waren von unschätzbarem Wert für ihre Planungen und für das Verständnis der Yarb Solak und deren Technik.

Hier, unterhalb der Kommandoebene, herrschte ein unbeschreibliches Chaos. Als Jack mit Wess und der Frau Doktor die Kampfzone erreichte, war die Lage völlig unübersichtlich. Man könnte den Eindruck gewinnen, hier schießt jeder auf jeden. Was natürlich Unsinn ist. Im Prinzip sind es jedoch die Drohnen, die mit Sperrfeuer und gezielten Treffern den Kono die größten Verluste beibringen und schon daher so etwas wie ihre Lebensversicherung darstellen.

#63, flach wie die Drohnen nun mal gebaut sind, ist gerade dabei, sich an den Gefallenen Hong Fu heranzupirschen. Die anderen Drohnen verstärken dafür nochmals ihr Abwehrfeuer um #63 zu unterstützen. #63 gleitet, mit dem roten Kreuz auf dem Rückenpanzer, über Hongs körperliche Reste und entnimmt die Gen-Kapsel. Übergibt diese dann einer anderen Drohne zur Aufbewahrung und nimmt sie damit aus dem weiteren Kampfgeschehen weitestgehend heraus. Deren Aufgabe ist es nun, einzig Hong Fus Leben und Fortbestand zu sichern. Was keineswegs sicher ist. Denn dafür muss die Spitfire wieder die Heimat erreichen, damit die Gen-Kapseln der Gefallenen an ein Reproduktionsinstitut übergeben werden kann. Hier werden die Kapseln aufgebrochen und die Körperlichkeiten von Hong Fu und den anderen Kriegern wiederhergestellt. So etwas wie eine genetische 3D-Nachzüchtung.

Aber so weit ist es noch nicht. Noch blitzen die Schussbahnen durch die Räume, was so ganz nebenbei noch weitere beträchtliche Schäden an der hochentwickelten Elektronik und den Maschinen der Yarb Solak anrichtet. Ob das Schiff, an dem bis vor Kurzem noch Instandsetzungsarbeiten durchgeführt worden waren, überhaupt wieder wird starten können, wird mehr und mehr fraglich. Im Grunde wird hier, innerhalb eines größer werdenden Haufen Schrottes, um das Leben und die Sicherheit der Einwohner der Stadt Suumit und möglicherweise um den Fortbestand der gesamten Okra Nation gekämpft.

Ros schwerer Kreuzer nähert sich indes dem neu aufgetauchten Problem in Form der Spitfire. Die hält gebührend Abstand. Alle Stationen sind besetzt, die Flotte der Jagdzerstörer draußen, wie es in den Dienstvorschriften niedergelegt ist. Aber auch ohne Vorschriften wissen Callahan und jedes Besatzungsmitglied, dass im Falle einer Konfrontation die bordeigene Zerstörerflotte nur außerhalb des Mutterschiffes relativ sicher ist. Schiffe sind nun mal seit jeher nur auf dem Meer oder im freien Weltraum voll aktionsfähig und können sich gegen Angriffe wehren und Respekt verschaffen.

Callahan gibt den Piloten Handlungsfreiheit. Wenn es brenzlig werden sollte, braucht sich kein menschlicher Pilot umständlich eine Genehmigung für dieses oder für jenes einzuholen. Im Gegensatz zu den Kono, die unter einer strengen Befehlsstruktur stehen, was von Mal zu Mal nicht immer von Vorteil sein muss. Ist doch das Denken und Handeln der Kono in allen gesellschaftlichen und militärischen Bereichen weitestgehend in »archaischen Machtstrukturen« verankert.

Im Gegensatz zu den wendigen Zerstörern der Spitfire

hat die Nahle, Ros' ehemaliges Flaggschiff und aktuell das letzte, was von seiner stolzen Flotte noch übrig ist, Beiboote an Bord. Fünf kleinere Duplikate des Mutterschiffes, mit je sechzehn Mann Besatzung und im Wesentlichen und hauptsächlich mit einer überdimensionierten Protonenstrahlkanone bestückt.

Ros befiehlt den Angriff und die achtzehn Jagdzerstörer der Spitfire stellen sich den Gegnern. In der Folge wurde daraus eine wilde Jagd innerhalb der kompletten Ausdehnung des Uuntschschii-Systems.

Freddy Sharma und John Buzzy erkennen schon bald, wo bei den gegnerischen Kampfeinheiten oben und unten, vorne und hinten angelegt ist. Gut zu wissen! Denn die überdimensionierten Waffen sind der Länge nach in die verkleinerten Abbilder der Nahle starr eingebaut. Die kleineren Geschütze im Äquatorring sind dagegen fast schon vernachlässigbar. Sollte mal ein Treffer den Schutzschirm durchschlagen, heizt der Strahl den hochwertigen Ho Cifa Ho Stahl punktuell ein wenig auf. Das war's dann aber auch schon. Einmal abgesehen davon, dass man mit solchen Aktionen Buzzy sehr schnell auf die Palme bringen kann.

Man kann sagen, dass die Beiboote um die Kanonen herum konstruiert worden waren. So kann es auch kaum noch verwundern, dass ein Teil der Kanone mitten durch die Kommandozentrale hindurch verbaut ist. Eigentlich erfüllen die Beiboote nur den Zweck, erheblich größere Einheiten oder Bodenziele im Verbund anzugreifen, ausgehend von Ros' ursprünglichen Invasionsabsichten, die irdische Abwehr vollständig zu vernichten und dann das Sonnensystem zu übernehmen. Ein Plan, der so nicht aufging, das Ergebnis ist bekannt. Die für ihre Unabhängigkeit und ihre Freiheit kämpfenden Menschen hatten gesiegt und Ros und die Reste seiner Flotte in die Flucht geschlagen.

Freddy Sharma hatte irgendwie seinen Spaß mit den fliegenden Großgeschützen und John Buzzy griff im Verbund mit einem oder mehreren Jägern einzelne Beiboote an. Eines davon zerplatzte schon bald im konzentrischen Feuer dreier Jagdzerstörer. Effi Spiel und Terres Best, die mit ihrem Zerstörer bei dieser Aktion mit von der Partie waren, waren nur einen Augenblick lang unaufmerksam, kamen in die Schusslinie einer der überschweren Kanonen und lösten sich vor den Augen und Sensoren ihrer Kameraden förmlich ins nichts auf. Das brachte Freddy und Buzzy sehr schnell in die tödliche Realität dieses Krieges zurück.

»Pass bloß auf!«

»Was glaubst du denn, was ich hier ohne Unterbrechung mache!«, antwortete Sharma seinem quasi Passagier und Freund, der die meiste Zeit bequem neben ihm sitzt und hin und wieder mal eine müde Salve an die Gegnerische Adresse abschickt. »Auf dich angewendet trifft der Spruch hundert pro zu.«

»Hä?«

»Die meiste Zeit des Lebens wartet der Kanonier vergebens«, sprach Sharma in eine Serie komplizierter Flugmanöver hinein.

»Lass es mich wissen, wenn's dir wieder besser geht.«

»Hör zu, ich hab jetzt keine Zeit zum Quatschen, also halt bitte deine Klappe!«

»…!«

»Du sagst ja gar nichts mehr.«

»Ich lass dich machen. Ist doch okay so, oder?«

So scheint es, denn Freddy Sharma hatte im Moment ja auch schon wieder mehr zu tun.

»Soll ich dich mal an der Steuerung ablösen?«

»Da müsste ich ja Angst haben, nur das nicht!«

Irgendwo über ihrem Zerstörer und den Planeten Uuntschschii zerplatzte ein weiteres Beiboot in tausende einzelne Trümmer, und die Okra am Boden durften alles mit ansehen und sich fürchten.

Auch wenn die Gefechte außerhalb der Atmosphäre und weit weg im freien Raum stattfanden, erzeugte immer mal wieder ein Fehlschuss von einem der Beiboote einen Schusskanal in Uuntschschiis Atmosphäre und richtete damit ein ohrenbetäubendes Spektakel an. Aber die Spitfire steht längst per Funk mit der Okra-Führung in Verbindung. Damit haben sie nun auch die Bestätigung, dass in ihrem Sonnensystem Menschen gegen Menschen kämpfen.

Für einen Okra eine nicht nachvollziehbare Tatsache. Im Verhaltensmuster der Okra ist Aggression mit Tötungsabsicht gegen die eigene Art eine Unmöglichkeit, die nicht einmal gedacht wird. Sich gegenseitig auf die Nerven zu gehen, zu streiten oder andere Okra mal zu veräppeln, das funktioniert auch bei den Okra, genauso wie anderswo im belebten Universum auch. Und, leicht bizarr, im Streit um die Weibchen, Verzeihung, um die Okra-Damen, halten sie es wie die Frösche. Oft bemüht sich eine kaum zu benennende Anzahl Okra-Männer um eine Okra-Dame, drei oder dreißig, da gibt es keine Norm. Die Dame wählt irgendwann entnervt und benennt einen der Kandidaten nach einem Auswahlmuster, das ihr selber unerklärlich bleibt. Die Natur führt dabei das Zepter - so wie überall eben.

Über alledem entsteht gerade wieder, im Bruchteil einer Sekunde, ein aufblitzender Strahlenschusskanal in der Atmosphäre. Ein glühend weißgelber, spurgerader, meterdicker

Blitz von einem Horizont zum anderen. Kurz darauf rollt auch schon der Donner über das Land, als die verdrängte Luft wieder in den Schusskanal zurückkracht, mit der Kraft von fast einem Kilojoule pro Quadratzentimeter. Was ungefähr der Fläche eines Daumennagels entspricht. Die Okra verschließen mit dem ersten Aufblitzen ihre Gehöröffnungen und flüchten panisch in ihr zweites, nasses Element. In den Seen wird es langsam eng für die Bewohner der Städte, der Sauerstoffgehalt in den kleineren Gewässern nimmt schnell ab. Es muss etwas geschehen.

Callahans Kommunikationsoffizier Nele ist längst in Funkkontakt und Gesprächen mit der Führung der Okra-Gesellschaft. Was weder und auch erwartungsgemäß zu keinen Ergebnissen führt und auch nicht zur Beruhigung unter den Ministern und Beamten beiträgt. Die Okra sind ohnehin nicht in der Lage, einen fähigen Beitrag zur Verteidigung ihrer Heimatwelt zu leisten. So ein Ereignis wie diesen Krieg erlebt die beschauliche Okra-Gesellschaft erstmals in ihrer Geschichte. Wie sollte man auch mit so einer abstrakten Unvorstellbarkeit umgehen? Es gab ja noch nicht einmal geeignete Waffen, um sich gebührend gegen Invasoren zur Wehr setzen zu können. Die Kommunikationstechnikerin Sigrid Nele verlegte sich nun einfach nur noch darauf, die Kanäle weiterhin offenzuhalten und mit den verschreckten Wesen zu sprechen.

Einzig Uunhaar, der fürstliche Ruhebewahrer im Ministerium, richtete eine klare Ansage, oder besser gesagt, eine dringende Bitte an Nele: »Man solle mit den Kampfhandlungen doch ein wenig weiter entfernt von Uuntschschii fortfahren. Bitte!« Leicht gesagt von Uunhaar, dem Ruhebewahrer, der offenbar die Ruhe weg hatte und völlig zu Recht diesen Posten im Ministerium bekleidet.

Nele gab Uunhaars Bitte natürlich weiter, das war ihr Job.

»Ich schau mal, was sich da machen lässt«, antwortete Callahan lapidar.

Uunhaar hatte so eine unkonkrete Ansage noch nie gehört und wusste nicht so recht, was das zu bedeuten hatte. Irgendetwas zwischen geht und geht nicht scheint im Vokabular der Okra nicht vorzukommen.

»Ja, was denn nun?«, kam's vom Ministerium zurück.

»Gedulden Sie sich! Commander Callahan wird sich schon etwas einfallen lassen.«

»Hören Sie Exzellenz, Sie führen Krieg untereinander, was so schon unvorstellbar ist. Also fahren Sie doch mit dem, was Sie da tun müssen, irgendwo anders fort!«

»Herr Uunhaar …«

»Ruhebewahrer Uunhaar im fürstlichen Ministerium, bitte!«

»Ruhebewahrer Uunhaar, wir führen die Kämpfe schließlich in Ihrem Interesse durch. Als Mitglied der Galaktischen Union sind wir dazu verpflichtet, Ihnen im Kampf gegen die Aggressoren beizustehen.«

»Wie soll ich das verstehen?«

»Diese anderen Menschen sind keine Mitglieder der Galaktischen Union.«

»So ist das also, sagen Sie das doch gleich.«

Klick.

»Jetzt hat er abgeschaltet, was sagt man dazu?«

Ros war hauptsächlich daran interessiert, die Yarb Solak, das letzte ihm verbliebene Kriegsschiff seiner Flotte, nicht auch noch zu verlieren. Wenn er wüsste, wie sich das Innere der Yarb Solak mehr und mehr in Edelschrott verwandelte, würde er wahrscheinlich und ohne mit der Wimper zu zucken ganz einfach von hier abhauen, um es einmal so lapidar auszusprechen. Aber wohin? Ist Ros und seine Mannschaft doch seit der vernichtenden Niederlage im irdischen Sonnensystem praktisch Heimatlos.

Freddy Sharma überflog gerade die Tag- und Nachtgrenze des Planeten unter ihm, als völlig überraschend der riesige Schiffskörper von Ros Flaggschiff vor ihm auftauchte. So schnell, wie sich Zerstörer und Kreuzer aufeinander zu bewegten, hatten Freddy und Buzzy tatsächlich den Eindruck, als würde das Schiff geradewegs direkt aus dem Inneren des Planeten hervorspringen. Ros hatte offenbar seine Strategie gewechselt und versuchte es jetzt mit der Brechstange, indem er ganz einfach das lästige kleine Insekt in seinen nach vorne verstärkten Abwehrschirm fliegen lässt, um es so zu zermalmen.

Der Aufprall in den Abwehrfeldschirmen der Nahle hätte dann auch fast in einer Katastrophe geendet. Zack der Bordrechner steuerte in Bruchteilen von Sekunden den Zerstörer zwischen den entgegenschlagenden Protonenstrahlen hindurch, konnte aber einen Aufprall mit dem Schirm des Kreuzers nicht ganz vermeiden. Nur ein wenig zentraler aufgetroffen, und der Jagdzerstörer wäre wie vor eine Wand geflogen und hätte sich augenblicklich in seine Bestandteile aufgelöst. So aber ist er wie ein Surfer auf einer wütenden Ozeanwelle über den Schirm geglitten und wie welkes Laub im Herbststurm taumelnd in die Atmosphäre Uuntschschiis geworfen worden. Ohne die geradezu verzweifelt anmutenden Ausgleichsmanöver des Bordrechners, von den beiden nur kurz und knapp Zack genannt, hätte sich die kleine Kampfeinheit mit 20.000 Stundenkilometern Geschwindigkeit in die Oberfläche des Planeten gebohrt. Auch den Schussbahnen der

Geschütze der Nahle hätte Zack ohne seine enorme Rechenleistung kaum ausweichen können. Er konnte jedoch anhand der Winkelstellung der Geschütze die Schussbahnen vorausberechnen und dazwischen hindurch switchen.

Freddy ist ein recht guter Pilot. Er fliegt seine Kiste intuitiv, fast traumwandlerisch und vorausahnend. Gegen die Rechenkünste von Zack jedoch zieht er den Kürzeren. Im Grunde steuern die beiden das Schiff im Duo. Freddy lenkt, Zack putzt fein säuberlich die Ecken und Kanten aus. Zack ist eben auf Zack!

Freddy und Buzzy saßen sekundenlang und zum Glück gefechtsmäßig angeschnallt wie verängstigte Passagiere in ihren Sitzen.

»Gut, ich habe verstanden«, sagte Buzzy nach einigen Augenblicken in die unwirklich entstandene Stille hinein. »Ich werde von jetzt an die Klappe halten, bis du mit deiner Arbeit fertig bist.« Sagte es und hielt sich fürderhin an sein gegebenes Versprechen. Nun ja, sagen wir mal, bis sich die Nerven wieder etwas entspannt haben werden oder bis in die nächste Katastrophe hinein.

Währenddessen, fast noch im selben Moment, als den beiden Helden das eben Überstandene erst so richtig bewusst geworden war, raste die Spitfire mit minimaler Abweichung zu Sharmas Kurs auf die Nahle zu.

Mit nur wenigen Kilometern Distanz innerhalb eines denkbar kurzen Augenblickes, querten sich die Flugbahnen der beiden verfeindeten Kreuzer. Die Überraschung hätte für Ros kaum größer sein können, als das irdische Kriegsschiff so plötzlich und unerwartet auf Gegenkurs auftauchte. Doch zusammen mit dieser Erkenntnis war die Spitfire auch schon an der Nahle vorbei und wieder weg.

In Ros Kommandozentrale hatte man ein kurzes Aufblitzen in den frontalen Abwehrschirmen registriert. Man war sich aber nicht sicher, ob der kleine Jagdzerstörer darin vernichtet worden war. Der Augenblick zwischen dem Ereignis und dem fast gleichzeitigen Auftauchen der Spitfire war einfach zu kurz, um auch nur einen Gedanken daran zu verschwenden. Aber unzweifelhaft hatte Ros damit einmal mehr ein gewagtes Manöver mit ungewissem Ausgang befohlen. Ros ist eben Ros!

Womit er überhaupt nicht gerechnet hatte, war das urplötzliche Auftauchen der Spitfire, die nur kurz hinter dem Kreuzungspunkt auf seine vernachlässigte Rückseite feuerte. Die Spitfire machte ihrem abgewandelten Namen »Hitzkopf« (übrigens erstmals, seit sie das Dock ihrer Geburtsstätte verlassen hatte) so richtig Ehre und spuckte Feuer und Verderben in die kaum geschützte Rückseite der Nahle. Das heißt, der hochfeste Stahlkörper der äußeren Panzerung verfärbte sich bläulich, glühte kurz auf und dann war der Spuk auch schon wieder vorbei. Man hätte das Ereignis als dummen Fehler oder als Zufall abtun können. Wenn da nicht noch der Effekt gewesen wäre!

Die Besatzungen in den Waffenleitständen der Spitfire waren sich natürlich darüber bewusst, dass sie der Nahle mit den zwei Schüssen keine vernichtenden Treffer beibringen konnten.

Antonio Fox, Darling Torquato und Robert Godzilla handelten wie ein gut aufeinander abgestimmtes Team und schickten die beiden Treffer mit einem denkbar kurzen, zeitlichen Versatz in das gegnerische Kampfschiff. Linksseitig und dann rechtsseitig, von der Warte der Kanoniere aus gesehen. Die Besatzung der Nahle nahm das natürlich ganz anders wahr. Aber im Effekt war das natürlich völlig unerheblich, aber schmerzhaft für alle an Bord, die der Meinung gewesen waren, sich anzuschnallen, das wäre was für kleine Mädchen oder gar unwürdig. Die Leute wurden förmlich aus ihren Sitzen gerissen. Das bedeutete im besten Fall eine leichte Gehirnerschütterung oder eine dicke Beule. Im schlimmsten Falle konnte man dann die größten Ignoranten, die es zudem noch auf dem falschen Fuß erwischt hatte, von den Wänden kratzen.[4]

Die Nahle wurde wie eine Billardkugel gegen zwei imaginäre Banden gestoßen. Die Korrekturschübe des Antriebes durch die Bordrechner erfolgten fast augenblicklich, aber nur fast. Das Versetzen des Schiffskörpers konnten nicht zur Gänze neutralisiert werden. Callahan verzog ihre Lippen zu einem befriedigten Lächeln. Jetzt weißt du, woran du bist, dachte sie. Natürlich war ihr darüber hinaus bewusst, dass bei alledem viel Glück mit im Spiel war. Es hätte auch ganz anders ausgehen können. Callahan ließ Sharma anfunken, um nachzufragen, wie die Männer das eben erlebte überstanden hatten.

»G … gut … danke … salü!«, war die kurze, geschockte Antwort.

Offenbar waren die Jungs am Leben, aber immer noch nicht so richtig bei sich.

»Gute Männer«, hakte Callahan das Thema fürs Erste ab.

11

Ein typisches Ros-Ende

Für den mächtig angepissten, wütenden Ros wurde die Aufrechterhaltung der Funkverbindung zu der kleineren Yarb Solak zunehmend schwieriger. Bild- und Tonübertragungen waren kaum mehr als stabil zu bezeichnen. Die Kommunikation brach immer wieder ab, und das was ankam, waren nicht mehr als Wortfetzen. Passend dazu liefern die Bildflächen flackernde Bilder im Dauermodus.

Aber das Wenige, das rüberkommt, genügt vollkommen. Was Ros aus der umkämpften Yarb Solak zu sehen bekommt, lässt ihn das Schlimmste befürchten. Und nicht nur ihn. Auch Callahan machte sich so ihre Gedanken und bezweifelte, ob das Raumschiff je wieder würde abheben können. Und das bezweifelte sicher nicht nur die Kommandantin. Auch der Admiral ohne Flotte scheint ähnliche Gedanken zu hegen.

Ganz im Gegensatz zu ihrem Inneren und von außen betrachtet, steht der Schiffskörper der Yarb Solak glänzend im Schein des Mondes und dessen kleinem künstlichen Trabanten wie neu da. Die glänzende Oberfläche, ein grandioses Trugbild. In ihrem momentanen Zustand ist die Yarb Solak nicht mehr als eine gut aussehende Leiche. Um es einmal ungeschönt auf den Punkt zu bringen.

Josy Callahan lehnte sich bequem zurück, soweit das in dem für Konfliktsituationen vorgeschriebenem Kampfanzug und unter dem Kreuzgurt-Anschnallsystem überhaupt möglich war. Speziell die Helmstabilisierung kann unter schwerem Beschuss oder abrupten Kurswechseln dafür sorgen, dass den Leuten dabei nicht sofort der Kopf wegfliegt.

Wenn während einem plötzlichen Versatz des Schiffskörpers von, sagen wir mal, 50 Metern in Null-Zeit das Gewicht eines normalen menschlichen Schädels kurzfristig auf das Gewicht einer trächtigen Kuh hochgeht. Das war wohl etwas übertrieben, sagen wir auf das Gewicht einer nicht trächtigen Jungkuh hochgeht, kann auch die stärkste Nackenmuskulatur eines Kraftsportlers nicht verhindern, dass die Birne dort zurückbleibt, wo sich eben noch der Körper befunden hatte.

Callahan machte es sich also bequem und dachte über die augenblickliche Situation nach. Aber vor allem versuchte sie sich in Ros hineinzudenken. Wie reagiert ein typisches Alphatier wie Ros? Nach allen Analysen, die nach dem Krieg um das irdische Sonnensystem erstellt worden waren, kann man Ros' Handeln bedenkenlos und getrost als ausgeprägt egoman einschätzen. Ros schreckt vor nichts zurück, wenn es seinem Machterhalt dienlich ist.

Callahan weiß, dass auch Ros von den Ereignissen und den zunehmenden Zerstörungen im Inneren der Yarb Solak Kenntnis hat. Wie wird er reagieren? Den Kampf gegen die Spitfire zu intensivieren erscheint selbst bei Ros' Hass auf die Menschen, die es gewagt hatten, ihm in seine Suppe zu spucken, ohne Sinn. Für ihn gibt es dabei nichts zu gewinnen. Der Besatzung der Yarb Solak in ihrem Kampf um ihr Schiff beizustehen und in die Bodenkämpfe einzugreifen erscheint ein ebenso aussichtsloses Unterfangen zu sein. Ros würde dabei alles aufs Spiel setzen und letztlich den Verlust seines letzten raumtüchtigen Kriegsschiffes riskieren. Was gleichzeitig sein eigenes Ende bedeuten würde. Und seinen Kopf für andere hinzuhalten, selbst wenn es sich dabei um die eigenen Leute handelt, ist erst recht nicht Ros' Ding.

Einfach abzuhauen und die Yarb Solak aufzugeben wäre für ihn ein möglicher Zug in diesem Spiel. Aber Ros wird nicht einfach verschwinden, ohne nochmals nachzutreten. Das entspräche dann schon am ehesten seinem Naturell.

»K3!«, ruft Callahan dem Flight-Commander der Spitfire zu. »Wir bleiben weiterhin in der Nähe der Yarb Solak. Ich möchte aber nicht, dass Ros mit seinem Schiff dem Landegebiet des Raumkreuzers zu nahe kommt. Das muss jetzt mit allen Mitteln verhindert werden.«

»Habe verstanden, Josy. Mit allen Mitteln«, antwortete der Robot-Commander. »Ich mache dann schon mal die Atomraketen einsatzbereit, okay?«

»Das kann fürs Erste schon mal nicht schaden K3. Und unsere Leute in der Yarb Solak sollen sich schnellstens aus dem Schiff zurückziehen und möglichst viel Distanz zwischen sich und dem Raumkreuzer bringen.« Josy Callahan lehnte sich erneut zurück und machte sich plötzlich die größten Sorgen um ihre Leute auf Uuntschschii.

Wenn sie mit ihrem Gedankenspiel nicht ganz falsch liegt, befinden sich die Einsatzgruppen der Operation »Enterung« in allergrößter Gefahr. Oberst Scarpetta ist der leitende Offizier der Bodenoffensive. Das entspricht seinem Rang. Doch mit dem Job, die Einsatzgruppen zu führen, wurde er nicht nur aufgrund seines Ranges betraut. Callahan schätzt den Berufssoldaten im Offiziersrang hauptsächlich wegen seiner kompromisslosen Eigenschaft, Anweisungen sofort zu befolgen und umzusetzen, und erst im Nachhinein Umstände und Gründe zu hinterfragen. Callahan ist sich ziemlich sicher, dass Eile geboten ist, falls sie mit ihrer Einschätzung von Ros' nächsten Schritten in diesem Krieg richtig liegen sollte.

Scarpetta handelte dann auch, wie es seiner Art entsprach. Sofort gab er die Anweisung, das Schiff schnellsten zu verlassen, als Befehl an seine Leute weiter. Die Verteidiger der Yarb Solak staunten daher nicht schlecht, als die Eindringlinge, die gerade noch mit einigem Erfolg dabei gewesen waren, in die oberen Decks vorzudringen, plötzlich kehrtmachten, um sich nun den Weg nach draußen freizuschießen. Das sorgte kurzfristig für eine ziemliche Verwirrung unter den Kono. Die waren daran gewöhnt, stets auf Befehl zu handeln und nun wussten sie eine Reihe von Atemzügen lang nicht, wie sie sich in dieser neuen Situation verhalten sollten. Da ließen einige erst einmal ratlos die Waffen sinken.

So wie sie noch vor wenigen Stunden in die Yarb Solak eingedrungen waren, beeilten sich Jack, Dr. Müller und Wess nun, im Strom der Drohnen und den anderen Dreiertrupps das Schiff schnellstens wieder zu verlassen. Sicher wird es für diese radikale Kehrtwende gute Gründe geben!

Dabei ist aber jedem Einzelnen klar, dass dieser Rückzug die tödlichste Gefahr seit ihrer Landung auf dem Planeten sein wird. Und auch Callahan war sich darüber im Klaren, dass man ihre Leute, sobald sie sich außerhalb des Schiffes befinden würden, mit den Schiffsgeschützen attackieren würde. Und das dann wohl mit der allergrößten Genugtuung.

Um den tödlichen Gefahren für ihre Leute entgegenzuwirken, bringt sie erneut acht Jagdzerstörer gegen das Konoschiff am Boden zum Einsatz. Nur Sekunden, nachdem die Einsatztruppen wieder außerhalb auf den funktionsuntüchtig geschossenen Rampen erschienen waren, brach die Feuerhölle um die Yarb Solak erneut los. Die Zerstörer tanzten den

Feuertanz um das Schiff herum und nahmen die Geschütz-
stände, die ringförmig um den Schiffsäquator herum angeordnet waren, unter Dauerfeuer.

Verdammter Mist oder so ähnlich, fluchten die Geschützbesatzungen auf Konoisch. Anstatt nun die verhassten Eindringlinge wie die Hasen abzuknallen, zwangen die Ablenkungsmanöver der Zerstörer die Kanoniere dazu, sich
ausschließlich gegen diese lästigen Flugmaschinen zu wehren.

Jack drehte sich zu seiner Truppe um. Sechs oder mehr
Drohnen hatten sich zu Einheiten zusammengekoppelt und
transportierten jeweils Dr. Müller, Wess und seine Wenigkeit
mit Höchstgeschwindigkeit vom Ort des Geschehens weg.
Das hatte etwas von fliegenden Teppichen. Dr. Müller, Wess
und Jack daselbst lagen auf dem Bauch und klammerten sich
nach Kräften an den Maschinen fest. Aus den Augenwinkeln
heraus nahm er das kleiner werdende Strahlengewitter um
die Yarb Solak wahr. Die Atmosphäre um die Schussbahnen herum leuchtete in bunten Regenbogenfarben auf. Und
plötzlich waren die farbenfrohen Eindrücke wie weggewischt.
Die Drohnen schwenkten in das Tal einer karstigen Gebirgs-
landschaft ein. Felswände rauschten in einem irren Tempo
und zum Greifen nah an ihnen vorbei.

Übergangslos kam der ganze Tross zum Halten. Sie wurden in einem mit Felsenzacken durchsetzten Gebiet abge-
setzt. Um die Truppe herum war es nun völlig dunkel. Seit
sie die Operation »Okkupation der Yarb Solak« begonnen
hatten, war es inzwischen stockfinster geworden. Unter dem
Sternenhimmel konnte man in der Ferne noch ein letztes
Aufflackern um die Yarb Solak erahnen. Dann zogen wie auf
Kommando die acht Zerstörer bogenförmig ihre Antriebs-
puren in den Himmel, und bevor ihre Spuren verblasst wa-

ren, waren sie auch schon weg, ziellos verfolgt von einigen verlorenen Schussbahnen aus der Yarb. Nun war es wirklich vollkommen dunkel um sie herum. Aus ihren Empfängern ertönte Callahans Stimme:

»Suchen Sie sich auf alle Fälle eine geeignete Deckung…«

Weiter kam die Kommandantin mit ihren Worten gar nicht mehr. In der Richtung, die sie gerade noch fluchtartig verlassen hatten, ereigneten sich mehrere Explosionen, die in ihrer Gesamtheit den Leuten wie eine einzige, gewaltige Detonation erschien. Aus der Entfernung hörte sich das an wie eine Serie von dumpfen Plopp-Plopp-Plopps, ähnlich den großen Japan-Feuerwerksbomben. Eine Geräuschkulisse, bei der sich trotz der 18 Kilometern Entfernung die Nackenhaare aufstellten.

»Wir rechnen damit, dass Admiral Ros die Yarb Solak durch eigenes Feuer vernichten lässt«, beendete Callahan ihren Spruch.

»Ich denke, da hatte sie wieder einmal den richtigen Riecher«, merkte Wess anerkennend an.

»Duckt euch!… Geht in Deckung, gleich erreicht uns die Druckwelle«, warnte Scarpetta.

Jeder verkroch sich, so gut es ging, zwischen die Felsen. Dann brach auch schon die Druckwelle über sie herein. Trotz der Entfernung kam es ihnen vor, als würden sie mitten in diesem Desaster direkt neben der Yarb stehen. Geröll, Felsstücke, Bäume und Fragmente von Raumhafengebäuden flogen wie Geschosse über sie hinweg. Doktor Müller, die sich wie zufällig neben Jack in eine Felsspalte drückte, funkelte Jack lächelnd an.

»Damit währe dann wohl unser erstes gemeinsames Abenteuer so gut wie überstanden, Jack.«

»Sieht so aus«, antwortete Jack einsilbig. Mehr fiel ihm offenbar dazu nicht ein. Na wenigstens brachte er noch so etwas wie ein Grinsen zustande. »Wollen wir's hoffen«, legte er dann doch noch nach. Na immerhin!

»Warum so pessimistisch, Jack. Wir haben doch hier in der Pampa des Universums einen großartigen Job gemacht. Wahrscheinlich wird man uns dafür irgend so ein Blechding an die Brust heften.«

Jacks Blick folgte unwillkürlich ihren Worten und sagte: »Ja, äh … so wird's wohl kommen! Da müssen wir jetzt durch.«

Und Dr. Müller kam seinen Blicken wie zufällig noch etwas entgegen. Männer sind und bleiben eben ziemlich einfach gestrickt, denkt sie. Man muss sie an die Hand nehmen, sonst verlaufen und verstricken sie sich in ihren eigenen Wirrungen.

12

Andere Länder, andere Sitten

Seit Ros sich mit einem Paukenschlag aus dem Staube gemacht hatte, pendelte sich in der Spitfire sehr schnell wieder die normale Routine des Schiffsbetriebes ein. Geradezu unheimlich, wie schnell alles wieder seinen normalen Gang ging.

Hauptberufliche Soldaten und temporäre Aushilfskrieger: Lagermeister, Lüftungstechniker oder eine Ärztin zum Beispiel, waren so was von entspannt, als hätte es nie einen Alienfresser-Krieg gegeben. Kommandantin Callahan rief aus den Info-Speichern das Wenige ab, was über die Okra-Zivilisation verfügbar war. Standarddaten und uralte Berichte aus dritter Hand. Egal, für eine direkte Kontaktaufnahme mit einigen Regierungsrepräsentanten reichte es vorläufig allemal.

Dort wo Gestern noch die Yarb Solak in Parkposition gestanden hatte, klaffte nun ein Krater von gewaltigen Ausmaßen. Und es hatten sich bereits erste Rinnsale gebildet, die in das hundert Meter tiefe Loch hineinflossen. Es schien, als wollte der verletzte Planet diese hässliche Wunde in seiner Oberfläche möglichst schnell vergessen machen.

Der Landefährenbus schwebte, von vier Jagd-Zerstörern flankiert, in die große Schleuse des unterirdischen Hafens von Uuntschschiis Mond Oobaar ein. Die Spitfire blieb weiterhin in ihrer Umlaufbahn um Uuntschschii und blieb damit in der unmittelbaren Nähe des Geschehens in Alarmbereitschaft.

Wer kann schon sagen, ob dem Admiral Ros, inzwischen ein Admiral ohne Flotte, nicht doch noch irgendwelche Mätzchen oder Blödheiten einfallen?

Die Okra-Zivilisation hatte tief unter der Oberfläche ihres Mondes um die Äquatorregion herum ein weitläufiges System von Sälen und Kammern ausgehoben und angelegt. Etliche der Kammern hatten sie mit Schleusen abgetrennt und mit dem Wasser von herangeschleppten Eis-Asteroiden geflutet. Darüber hinaus hatte die Okra-Gesellschaft keine Ambitionen in die weitere Umgebung außerhalb ihres Sonnensystems vorzudringen oder andere Sternensysteme zu bereisen. Die Amphibienwesen beschränkten sich darauf, Stationen auf ihren Nachbarplaneten und einigen Monden ihres Sonnensystems zu unterhalten und in regelmäßigen Pendelverkehren anzufliegen. Die Transportschiffe hierfür wurden allerdings stets in stabilen Umlaufbahnen geparkt. Für Startvorgänge von Uuntschschii oder anderen Himmelskörpern sind die Raumfrachter einfach zu schwer. Weil für die Okra nun mal das flüssige Element das weitaus angenehmste Aufenthaltsmedium ist, sind die Transporter atmosphärefrei und vollständig mit Wasser befüllt unterwegs. Unvorstellbar für eine Okra-Mannschaft wochenlang unterwegs zu sein und dabei langsam zu vertrocknen.

Den Okra-Offiziellen ist inzwischen auch klar geworden, dass die Menschen der Erde Mitglieder der Galaktischen Union und keinesfalls mit den Kono gleichzusetzen sind. So verwirrend und verwunderlich diese Tatsache anfänglich für sie auch war, wurde es dann aber doch so akzeptiert und hingenommen. Man muss ja auch nicht immer alles verstehen!

Zu Callahans Delegation gehörte selbstverständlich auch Doktor Müller, und die hatte wiederum Jack im Schlepp. Der darf das Bild- und Tonaufzeichnungs-Equipment bedienen. Keine sonderlich schwere Aufgabe, passt doch alles in allem, was dafür vonnöten ist, in eine hohle Hand. Jack trägt's gelassen, der Frau Doktor den Krempel hinterher zu tragen. Und er fragt sich nicht zum ersten Mal, ob das wohl seine Zukunft sein wird? Vorausgesetzt dass das unscheinbare Pflänzchen dieser Beziehung zwischen ihm, Jack Brown, und der attraktiven Frau Dr. Julie Müller noch weiter aufblühen wird.

Hier unten steht die Welt Kopf. Erzeugt durch die Rotation des Mondes, speziell hier im Äquatorgürtel herrscht eine, wenn auch schwache Schwerkraft nach außen hin. Für die Mondbewohner in ihren künstlichen Wasserwelten mit Ausblick spielt die Schwerkraft ohnehin nur eine untergeordnete Rolle.

Hier hat man die Sterne unter sich. Eine ganz neue Sichtweise für die Mitglieder der Delegation, und das im wahrsten Sinne des Wortes. Man läuft quasi an der Decke, und an einigen Stellen geht man über so etwas wie großflächige, runde Bullaugen mit starkem Vergrößerungseffekt. Dr. Müller und Jack gehen über langsam vorbeiziehende Sterne, Nebel und Galaxien hinweg, was schon ziemlich beeindruckend ist. Das kann man schon so sagen. Es scheint, als wäre man direkt mit dem Weltraum verbunden. So wird wohl der Blick Gottes auf das Universum sein, auf sein Universum sein.

Die Okra-Offiziellen haben diesen Ort für den Empfang sicher nicht ohne Bedacht gewählt. Das hängt natürlich und offenbar auch damit zusammen, dass Kontakte im interstellaren Verkehr zwischen den Völkern der Gallaktischen Union äußerst selten stattfinden. Also ist das Bankett heute eine große Sache, und das in doppelter Hinsicht. Man erhält Besuch von der Delegation eines anderen Unionsmitgliedes, da kann man zeigen, was man hat. Und natürlich ist man allgemein erleichtert, dass rein zufällig ein kampfstarkes Kriegsschiff von der Erde in ihrem Raumsektor unterwegs war. Just in time quasi, als sich die Okra-Zivilisation in einer äußerst bedrohlichen Phase befand und Gefahr lief, ausgelöscht zu werden. Wie ja inzwischen vermutet wird, ist Admiral Ros mit seiner Crew auf der Suche nach einer neuen Heimatwelt. Die Soldaten mit ihrem »Warship SS 1058 p« hatten den Okras in der schlimmsten Phase ihrer Geschichte beigestanden und die fiesen Massenmörder aus ihrem Sonnensystem vertrieben. Hoffentlich ein für alle Mal. Das ist doch wohl Anlass genug für ein großes Staatsbankett.

Die Delegationen sitzen sich an einer langen geschmückten Tafel gegenüber. Der Saal ist pompös ausgestattet, wenn man ihn mit Okra-Augen betrachtet. Atemberaubend ist dagegen für die Menschen noch immer der direkte, grandiose Ausblick in das herangezoomte Universum. Nebel und Galaxien in einer Pracht, wie man sie sonst nur auf Bildern zu sehen bekommt. Glänzend und in schillernden Farben, die vergessen lassen, dass da noch eine unsichtbare Wand zwischen Mensch und Universum besteht.

Die Okra sind heute offenbar besonders kunst- und kultursinnig gestimmt. In einer Art Feierlichkeit, zu der die Menschen keinen richtigen Zugang finden können. Zu diesem besonderen Anlass erklingen die protokollarischen Reden und ihre Unterhaltungen untereinander in einer alten, singenden Sprache, die entfernt an Walgesänge erinnern. Selbst die Übersetzungsgeräte tun sich schwer damit, die Tonfolgen in einen logischen Kontext zu bringen. Nun gut, man muss ja auch nicht immer alles so ganz genau verstehen!

Besonders dann, wenn die Arbeit getan ist und nur noch

Freundlichkeiten ausgetauscht werden. Grüße und Geschenke an die Regierung daheim ausgesprochen und überreicht werden. Es wird aufgetischt. Natürlich wird Fisch gereicht, in Variationen, wer hätte da etwas anderes erwarten wollen. Später gehen die Frau Doktor und Jack wiederholt einige Schritte über die Unendlichkeiten hinweg und kommen sich noch einmal näher. Was kein Wunder ist. Fühlen sich doch beide zueinander hingezogen. Vermutlich wird sich da zwischen der Gelehrten und dem Krieger noch mehr entspinnen. Die Würfel dafür sind jedenfalls längst gefallen, wenn auch nur unmerklich und leise. In die allgemein gute Stimmung hinein meldet sich Robot-Kommandant K3 unversehens mit einem dringlichen Spruch:

»Admiral Ros hat mit seinem schweren Kreuzer den Kurs in Richtung Erde eingeschlagen. Ich empfehle den sofortigen Aufbruch, die Spuren, die das Raumschiff hinterlässt, verblassen erfahrungsgemäß sehr schnell wieder.« – Ja dann! –

Callahan bedankte sich, auch im Namen der Delegation bei den Gastgebern und rief fast übergangslos K3 zurück.

»Die beiden Robot-Frachter sollen ihren Flug in Eigenregie fortsetzen. Wir werden sofort nach unserer Rückkehr auf der Spitfire der Nahle folgen. Ende, K3!«

Die Spitfire ritt auf den kaum noch messbaren Verwirbelungen, die der Kreuzer hinterlassen hatte. K3 holte das Letzte aus den feinstjustierten Gravitationslinien-Messgeräten heraus. Dem spielte natürlich auch in die Hände, dass die allgemeine Flugrichtung der Nahle schon bekannt war. Ohne die vorgegebene Richtung, in einem nach alle Seiten offenen Kugelradius, wäre eine Verfolgung völlig illusorisch gewesen. K3 schwänzelte auf den Gravitationslinienverwerfungen wie der berühmte »Snoopdog« hinter der Nahle her, bis er das Schiff auf einer stabilen Reiserichtung eingependelt hatte.

Der leere Raum ist tatsächlich nicht völlig leer. Da befindet sich immer noch etwas Materie in Form von einzelnen Atomen im Weltraum. Manches Mal nicht mehr als eines oder zwei pro Kubikkilometer, die sich an den überall vorhandenen Gravitationsfeldlinien anordnen.

Die stellaren Anziehungskräfte reichen Lichtjahre, im Prinzip unendlich weit in den leeren Raum hinaus, überschneiden sich mit den Gravitationskräften von Nachbarsonnen und Nachbargalaxien und erzeugen damit eine messbare Ordnung im Raumgefüge. Mit den hohen Geschwindigkeiten im interstellaren Flugverkehr erzeugt die Masse eines Raumschiffes eine kurzfristige Unordnung beziehungsweise Wirbel, wenn man so will, innerhalb der Feldlinienstrukturen der stellaren Kräfte. Das kann sich auch auf die Ordnung der Sternenkonstellationen auswirken, was ja auch schon länger als Schmetterlingseffekt bekannt ist.

Letztlich flog die Spitfire dann exakt auf dem Kurs der Nahle mit Zielpunkt Erde. Damit machte sich dann auch Ruhe und Besinnlichkeit in der Spitfire breit. Ein Besatzungsmitglied nach dem anderen verabschiedet sich in die Schlafstarre. Wer will schon die nächsten 80 Jahre lang auf die Bildwände starren und Däumchen drehen. Das hält auch keine biologisch-kybernetische Überganslebensform in der Gestalt eines Avatars aus, ohne irre zu werden.

13

Ende und neuer Anfang

Auf der Spitfire kehrte Ruhe ein. Nur K3 bleibt weiterhin auf seinem Posten. Für das Schiffsgehirn trifft dann auch der Bibeltext zu: »Für K3 sind 1000 Jahre wie ein Tag.

Und was erhofft sich Ros überhaupt im irdischen Sonnensystem zu finden? Zeit zum Durchspielen aller möglichen und unmöglichen Szenarien hat Flight-Commander K3 jetzt jedenfalls genügend.

Man darf gespannt sein!

ZEITTAFEL [5]

Von 10 000 bis etwa 4300 v. Chr. lebten im Gebiet um Kom Ombo die letzten Cromagnonmenschen neben dem Homo Sapiens hauptsächlich vom Früchtesammeln, und es wurde bereits ein primitiver Ackerbau betrieben. Wild, Fische, auch Schildkröten garantierten paradiesische Lebens- und Ernährungsverhältnisse. Gefundene Faustkeile und Steinklingen deuten auf das Neolithium, die jüngere Steinzeit hin.

4300 v. Chr. treffen zwei kleine Gruppen denaischer Auswanderer unter der Führung von Saik und Este auf der Erde ein und siedeln im Bereich des späteren Ägypten.

3200 v. Chr. waren die letzten Denaer längst ausgestorben. Das alte Reich entstand.

3200 bis 2750 v. Chr. war die Zeit der ersten und zweiten Dynastie (Menes, Narmer).

2750 bis 2680 v. Chr. war die Zeit der dritten Dynastie (Dioser, Sech met-het).

2750 v. Chr. entsteht die erste Pyramide unter Dioser.

2680 bis 2565 v. Chr. entstehen in der Zeit der vierten Dynastie unter Snefru, Cheops, Chephrem und Mykerios die großen Pyramiden.

ANHANG

(1) Selbstzerstörerische Lebensformen: Die intelligenten Bewohner des Planeten Erde haben kaum das Potenzial, auf Dauer als Art zu überleben.

Wenn es uns nicht gelingt, den ausgeprägten Egoismus, der keinerlei Rücksicht auf Natur, Ressourcen, Menschen, Fauna und Flora nimmt, zu überwinden, sind die Jahre unserer aktuellen »Kultur« gezählt.

Unser Genom im Universum zu verbreiten werden die Menschen kaum ohne eine Art von Avatar (die Vereinigung von Genom und Maschine) bewerkstelligen können. Auch eine Nachzucht nach gespeicherten Daten in einer fernen Welt könnte eine Möglichkeit einer Verbreitung im Universum sein.(Wenn dies nicht schon längst hier und anderen Orts geschehen ist.)

(2) Nicht nur Sonnensysteme, auch Galaxien haben eine Art Habitats-Zone. Neuere Erkenntnisse vermitteln: Entsprechend den chaotischen Zuständen zur Mitte der Milchstraße hin nehmen die Voraussetzungen für Leben kontinuierlich ab.

(3) Beispiel: 1812 ist Napoleon mit einer Halben Million Mann gegen Russland marschiert. Die Zahlen der verschiedenen Quellen variieren allerdings stark. Russische Schätzungen der Mannstärke der Grande Armée tendierten von 200.000 bis 250.000 Mann.

Nach Frankreich zurückgekehrt ist Napoleon mit nur einer Handvoll Männer. Man spricht von zehn oder elf Mann.

Seine Armee auf dem Rückzug war nur noch von Hunger und Not getrieben. Die Leute erfroren, verlaust und verwanzt, reihenweise.

Später wollte unser GröFaZ (Größter Feldherr aller Zeiten) es ihm gleich tun, mit ähnlichem Ergebnis.

Aber die Zeiten ändern sich. Größter Unterschied zu damals: Feldherren sind nicht mehr an den Fronten zugegen. Den Feldherrenhügel haben die modernen Heerführer mit einem bequemen und gut verpflegten Fernbeobachtungsposten getauscht.

(4) Anschnallen bitte!

Beim Anschauen von SF-Serien, muss ich immer dann grinsen, wenn ich die Besatzungen in den Kommandozentralen der bekannten, hundertfach in Filmen verewigten Raumschiffe zu sehen bekomme. Die Leute lümmeln lässig vor den Armaturen in ihren Clubsesseln herum. Ab und an wackelt das Bild ein wenig, das war's dann schon. Selbst die bekannten Formel-1-Piloten, neben den Raumschiffen in den Serien mit weniger als Schneckentempo unterwegs, werden doppelt und dreifach angeschnallt. Ihre Cockpits sind mit Nacken- und Kopfstützen ausgestattet und verfügen zusätzlichen über körpernahe Polster.

Wenn also daeinst einmal irdische Schlachtkreuzer unter Beschuss geraten werden, dann wird sich zeigen, wie viel Halt so ein Clubsessel im Gefecht bietet.

(5) Historische Quellen unter anderem aus: »Das Weltreich der Pharaonen«, Weltbildverlag GmbH, Augsburg 1989.

Euer Dietmar Krönert